胡婆的人生哲學

周錫山◆著

武俠人生叢書序

全世界華人的共通語言——金庸武俠小說，世代不再只是文字想像，它早已幻為千百個化身：漫畫、電玩、電視劇、電影、布袋戲……，不管是本尊抑或是分身，銷售率與收視率都相當可觀，儼然成為一個新世紀的流行文化標記。

就出版的角度來看，從金庸武俠小說所延伸出來的各種議題，皆競相成為出版的賣點，如金庸武俠小說世界中的愛情、武功、醫術、文化、藝術……等，都能受到讀者的歡迎，男女老少皆宜；當然，我們尚列了古龍、溫瑞安……等武林名家筆下的各知名小說人物供讀者玩賞、品味。

生智文化事業有限公司的相關企業「揚智文化事業股份有限公司」原有近三十本的「中國人生叢書」，擁有穩定的讀者群，在這樣的基礎上，生智文化特推出「武俠人生」系列叢書，為求接續「中國人生叢書」的熱潮，一秉初衷，繼續為讀者服務。

本系列叢書係以武俠小說主角人物爲主，一人一書；爲延續「中國人生叢書」的主題內容風格，「武俠人生」系列叢書乃以小說人物的「人生哲學」爲主軸，期能提供讀者不同的切入點，品評小說人物的恩怨情仇，惟寫法類似一般著名人物的評傳。同樣的小說，不一樣的閱讀方式，帶來的絕對是另一種新的樂趣。生智文化事業希望您可以在「武俠人生」裡盡情涵泳，在武俠小說與人生哲學之間來去自如，逐步打通任督二脈，使您的功力大增，屆時您將可盡情享受不那麼一般的人生況味！

誠所謂「快意任平生」！本系列叢書深論武俠人物的愛恨情仇等「人生哲學」，作者筆下可謂是感性、理性兼具，在這新世紀的流行文化出版潮流裡，爲男女老少消費群們，提供一個嚼之有味、回味再三的讀物。

生智編輯部　謹誌

自序

金庸武俠小說自一九五五年誕生第一部《書劍恩仇錄》以來，在近半個世紀中逐漸風靡整個華人世界。金庸武俠小說先後在香港、台灣和大陸出版，海峽兩岸三地的中國學者多持讚揚態度，也有少數學者和作家持激烈的反對、批評立場。在世紀末的一九九九年下半年，大陸文壇再起波瀾。先是著名學人何滿子在《光明日報》發表文章強調：「瓊瑤小說、金庸小說是和舊的人文精神聯繫著的。」「武俠小說不論花樣如何變化萬狀，實際上就是體現、迎合和鼓吹一種舊社會無助群眾的求助幻想。」「『五四』以後，這類爲舊文化、舊意識續命的鴛鴦蝴蝶派小說、武俠小說之類一直與新的人文精神對抗，與新文學對抗，視社會思潮的狀況而起伏。至九〇年代末的今天，竟由自命爲新派的批評家來大唱讚歌，眞可謂咄咄怪事。」此文所指的新派批評家，著名的有中國藝術研究院副院長和《紅樓夢》研究所所長馮其庸、北京大學教授和中國現代文學研究會會長嚴家炎、復旦大學教授章培恆，現在美國的前中國社會科學院文學研究所所長劉再復、美學家李澤厚和倫敦大學的趙毅衡等。實際上，新派作家欣賞金庸的也大有人在，著名的如鄧友梅、馮宗璞等。何文發表後引起的爭議尚未停息，北京作家王朔又於十一月一日的《中國青年報》發表〈我看金庸〉一文，大陸多家媒體迅即轉載。王文的要點爲：金庸小說可與四大天王、成龍電影、瓊瑤電視劇並列爲四大俗；初讀金庸是一次糟糕的體驗：情節重複、行文囉嗦，永遠是見面就打架，一句話能說清楚的偏不說清楚，而且誰也幹不掉誰，一到要出人命的時候，就從天上掉下來一個擋橫兒的，全部人物都有一些胡亂的深仇大恨，整個故事就靠這個推動著；我認爲金庸很不高明地虛構了一群中國人的起初形象，給了世界一個很大的誤會。

何滿子是一位學養深厚的學者，但他有時觀點偏激、僵化，如他在一九五四年由上海出版公司出版的《論金聖嘆批改〈水滸傳〉》一書，即醜詆取得世界美學史上領先地位的大批評家金聖嘆是「一個封建統治階級代言人」，且是「更狡猾、更險惡」的「精神憲兵」，「居心叵測」地給原書「加了許多反動的評語」，因而「深重地荼毒了《水滸傳》這部具有高度思想性和藝術價值的古典名著」。現在他給金庸小說定上「與新的人文精神對抗，與新文學對抗」的嚇人罪名，只是當年的舊病重犯而已。王朔是一個文化修養不高的通俗作家，他對金庸小說的貶低，完全是不顧事實的囈語。何、王實是針對《中華讀書報》的二十世紀世界百部文學經典排行榜和人民文學出版社、香港《亞洲周刊》評選「百年百種優秀中國或華文文學圖書」等活動都將金庸小說列入的情況而發此言論的。

對於同一個文學名著文學名家的評定，歷來有見仁見智的不同觀點，即使大相逕庭也並不鮮見。如胡適認爲《紅樓夢》的寫作水平很低，托爾斯泰將莎士比亞戲劇貶得幾乎一無是處，即是文壇顯例。對於金庸小說的評價，多數讀者和學者的觀點比較公允。如讀者肖燕雄《兩個半》認爲：「中國的作家中要有金庸的作品。因爲他的作品是『絕倫』的：有中國文化、有世界眼光、有想像的奇觀、有中國小說的獨特對象與技巧。我的觀點，中國作家能躋身世界百強的只有兩個半：魯迅、金庸和半個曹禺。」（《中華讀書報》一九九九年五月十九日）曹禺既是「半個」，當然也進不了百強。章培恆教授〈武俠小說雜談〉（上海《新民晚報》

一九九九年十一月九日）支持北京《中華讀書報》九月十五日刊出由廣大讀者評定的「二十世紀（世界）百部文學經典」列入金庸的兩部小說《鹿鼎記》、《天龍八部》的觀點，「我想，這不是武俠小說的偶然幸運，而是基於它的成就。」認爲以金庸爲代表的「新武俠」小說，「其吸引讀者的，不僅是想像力的豐富、描寫的細緻生動，更重要的是，優秀作品裡的人物都體現出較深廣的人性內涵，而不是某種原則或作者意圖的化身，因而具有活生生的複雜個性。這就較之某些打著嚴肅文學的招牌而一味阿世取容、毫無創作個性的小說好出不知多少倍。」「今天，毫無愧色地進入文學殿堂的金庸作品，並帶動武俠小說上升到了新的境界。」又指出：「除了作者本人的天分與勤奮以外，我認爲金庸先生的創作道路大可借鑑。其一，必須有新的思想。金庸先生的觀念是很現代化的。當我們有些文學作品正在大肆宣揚個人崇拜，並且把李自成之類的古人也作爲崇拜對象時，金庸卻在《鹿鼎記》等小說中有力地批判個人崇拜。」「金庸先生的批判個人崇拜，就是一種新的思想。其實，他寫的雖是古老的故事，卻處處閃耀著新觀念的火花；這就是其作品能打動讀者的重要原因之一。其次，必須有豐富的學養。金庸武俠小說的情節之奇幻、人物之精彩，都與此有關。」章培恆先生的以上意見，代表著大陸學術界對金庸小說的基本評價和主流觀點。

我介紹上述正反兩方面對金庸小說的評價，提供台灣和海外讀者參考，說明自九〇年代中期前後至今，金庸小說一直是大陸讀書界和學術界關注的焦點。

金庸武俠小說確實可在二十世紀世界文學經典作家百強中雄據一席之地。生智文化事業公司邀請學者專家撰寫「武俠人生叢書」，分析評論金庸小說中著名武俠人物的人生哲學，對正確評價金庸小說的傑出成就很有意義。筆者欣然受邀撰寫《喬峯的人生哲學》和《胡斐的人生哲學》，總結自己閱讀和學習金庸巨著的部分體會和一得之見，供台灣和海外讀者參考，不當之處敬請指正。

目錄

武俠人生叢書序 i
自序 iii
導言 001
《飛狐外傳》和《雪山飛狐》 002
俠士胡斐及其重要意義 004
胡斐命運的歷史背景 008
《書劍恩仇錄》和《飛狐外傳》、《雪山飛狐》三部曲 009
生平篇 011
胡斐的背景：胡苗范田世代仇 012
嬰兒成孤兒，父母之死竟成謎 015
惡戰商家堡，武功得眞傳 018
廣東抱不平，追殺鳳天南 021
路遇袁紫衣，驚喜又驚奇 022
爲救苗大俠，相知程靈素 024
路逢奇遇 027
京華奇遇 029

天下掌門人大會　033
與紅花會群雄喜逢與惜別　036
與苗若蘭相戀和玉筆峰大戰　038
胡閻寶庫之戰和苗胡山崖之戰　041

性情篇　045

路見不平，挺身而出的俠義性格　046
生性倔強，寧死不屈的堅韌品性　053
忠厚仁義，善良博愛的慈悲心腸　056
聰明穎悟，認眞刻苦的武學天才　060
文武雙全，腹有詩書的高雅之士　067

感情篇　073

家仇國恨：明、清、大順和吳三桂的三國四方之戰局　074
李自成和他的成功之路　077
李自成在北京與由腐敗致兵敗　090
李自成的敗亡之路及其歷史責任　095
李自成最後結局之謎　101

金庸筆下的李自成形象 113
胡一刀夫婦，胡斐的英雄父母 118
義叔平阿四，生死相依之良友 123
義兄趙半山，良師名師爲恩師 129
紅花會群雄，胡斐的同道之友 149
袁紫衣，胡斐無望的情人 161
紅粉知己程靈素 179
苗人鳳和苗若蘭父女 184
苦命恩人馬春花 194
陰險毒辣的田歸農 200
江湖無賴閻基和寶樹 206
自取滅亡的商老太母子 210
南天一霸鳳天南 215
武林公敵福康安 220
胡斐的其他敵友 225
處事篇 231
初出江湖，胸無城府 232

臨戰多變，以智取勝 237
滑稽對敵，嬉弄兇頑 242
行事瀟灑，除惡務盡 245

人生觀篇 255
胡斐的人生態度 256
置生死於度外的可貴情義 262
珍惜生命和不殺無辜 268
在殺無赦中顯俠義 271
胡斐的生命結局和他的人生觀 272

評語 279
善於自學，重視文化藝術修養 280
重於情義，正確處理愛戀事宜 283
深思熟慮和謀而後動 287
追隨紅花會，是正確的人生選擇 290

附錄 胡斐大事紀表 293

胡斐的人生哲學

導言

《飛狐外傳》和《雪山飛狐》

《飛狐外傳》和《雪山飛狐》是兩部描寫俠士胡斐的命運和人生哲學的小說，但比較奇特的是，金庸先寫後一部《雪山飛狐》，先寫胡斐成年後的故事，再寫《飛狐外傳》，胡斐少年和青年時代的經歷，在《金庸作品集》中的排列也是《雪山飛狐》在前，《飛狐外傳》在後。這兩部小說，在情節上也不前後銜接。作者自己曾說：「《飛狐外傳》是《雪山飛狐》的『前傳』，敘述胡斐過去的事跡。然而這是兩部小說，互相有聯繫，卻並不是全然的統一。在《飛狐外傳》中，胡斐不只一次和苗人鳳相會，胡斐有過別的意中人。這些情節，沒有在修改《雪山飛狐》時強求協調。」（《飛狐外傳．後記》）

金庸又在《雪山飛狐．後記》中說：「《雪山飛狐》與《飛狐外傳》雖有關連，然而是兩部各自獨立的小說，所以內容並不強求一致。按理說，胡斐在遇到苗若蘭時，必定會想到袁紫衣和程靈素。但單就《雪山飛狐》這部小說本身而言，似乎不必讓另一部小說的角色出現，即使只是在胡斐心中出現。事實上，《雪山飛狐》撰作在先，當時作者心中，也從來沒有袁紫衣和程靈素那兩個人物。」

我認爲，這兩部小說關連不緊密，這種關連不緊密、跳躍式的描寫，也是西方小說常用的方法。兩書在情節描寫和人物性格塑造方面，雖無前後照應，但沒有互相矛盾、對立或衝突，因此讀者和學者也都認同兩書中的胡斐是同一人物，這就可以了。本書在論述時，則根據胡斐生平的時間順序，《飛狐外傳》在前，《雪山飛狐》在後，並將兩書貫串，作統一的評述。

飛狐，可以說是胡斐的外號兼美稱。飛，指胡斐神出鬼沒的行逕、搏殺的速度；狐，既是胡斐的姓氏「胡」的諧音，自《聊齋誌異》以「胡」諧「狐」之後，這種修辭手法，已爲一般讀者所習慣。狐本是奔走神速的動物，又富於智慧，性格狡黠，更且外形可愛，毛色鮮亮。用飛狐來形容胡斐，頗爲恰當。

外傳，是傳記文體的一種。凡人物爲正史所不載，或正史已有記載而別爲作傳，記其遺聞軼事者，叫「外傳」。著名的有《趙飛燕外傳》、《高力士外傳》

等。趙飛燕、高力士都是歷史眞實人物，其《外傳》之意，符合以上兩條釋義。胡斐是虛構人物，並非歷史眞實人物，作者取書名爲《外傳》，純屬小說家言。西方小說有英國大文豪狄更斯的長篇小說成名作《匹克威克外傳》，此書稱爲「外傳」，是中文譯者和中國的外國文學研究家借用中國古語的中國化譯法，書名的原文“Pickwick Papers”的Papers一詞，意爲個人或家庭的書信文件集、文章，故而書名可直譯爲《匹克威克的文字描繪集》，因爲Paper作爲動詞，在古英語中意爲：在紙上寫下，用文字描繪。現在的意譯比較簡潔，也頗恰切，卻非作者之本意。總之，金庸將胡斐的故事以《飛狐外傳》和《雪山飛狐》作爲書名，很恰切，也很別致和醒目。這兩部小說都是成功之作，在金庸小說中頗有重要的地位。

俠士胡斐及其重要意義

金庸在《飛狐外傳·後記》中鄭重宣布：「在我所寫的這許多男性人物中，

胡斐、喬峯、楊過、郭靖、令狐冲這幾個是我比較特別喜歡的。」又曾特別指出：

我企圖在本書中寫一個急人之難、行俠仗義的俠士。武俠小說中真正寫俠士的其實並不很多，大多數主角的所作所為，主要是武而不是俠。

這便指出了胡斐這個藝術形象的兩個重要性：其一，胡斐是作者自己最喜歡的五位男俠之一，從另一個角度講，胡斐也是作者所創造的最重要和最成功的藝術形象之一。其二，胡斐是作者著力創造的「俠士」形象，與其他武俠有頗大的區別。

那麼，何謂「俠士」呢？金庸自己作了一些解釋，他說：

孟子說：「富貴不能淫，貧賤不能移，威武不能屈，此之謂大丈夫。」武俠人物對富貴貧賤並不放在心上，更加不屈於威武，這大丈夫的三條標準，他們都不難做到。在本書之中，我想給胡斐增加一些要求，要他「不為美色所動，不為哀懇所動，不為面子所動」。英雄難過美人關，像袁紫衣那樣美貌的姑娘，又為胡斐所傾心，正在兩情相洽之際而軟語央求，不答允她是很難的。英雄好漢總是吃軟不吃硬，鳳天南贈送金銀華屋，胡斐自不重視，但這般誠心誠意的服輸求情，要再不饒他就更難了。江湖上最講究面子和義氣，周鐵鷦等人這樣給足了胡斐面子，低聲下氣的求他揭開了對鳳天南的過節，胡斐仍是不允。不給人面子恐怕是英雄好漢最難做到的事。

胡斐所以如此，只不過為了鍾阿四一家四口，而他跟鍾阿四素不相識，沒一點交情。

目的是寫這樣一個性格，不過沒能寫得有深度。

以上詳述自己創作胡斐這個形象、這種性格的目的，這在金庸小說中是絕無僅有的，可見金庸對胡斐這個藝術形象特別的重視和喜愛。這個形象和這種性格也是金庸之前的小說中沒有的，是金庸的獨特創造。金庸上述說明的最後一句當然是作者慣有的謙遜，此外則表明胡斐作爲俠士，爲正義而既不吃硬又不吃軟，既過面子關，又過美人關，已極爲不易。而更爲不易的是，他的這一切全爲了素不相識更沒有交情的無權無財無勢、生存在底層的農民鍾阿四一家。因此，與其他武俠不同，胡斐的艱難復仇，完全與自身無關，是主動地、熱情地爲陌生人打抱不平，這才是金庸要表現的「急人之難、行俠仗義」的俠士。這樣的俠士，不僅在金庸小說中罕有其匹，而武俠小說中，也確如金庸所指出的，其實並不很多。

胡斐還有一個很大的特殊性：他的結局不明。金庸和其他作者寫的武俠小說，主角的結局分明，多數是大團圓式的喜劇，個別的是悲劇，如《天龍八部》中的喬峯，只有胡斐生死未卜，到底胡斐這一刀劈下去還是不劈，是一個懸疑，沒有肯定的結局，讓讀者自行構想。

金庸本人即是中國和世界文壇的一匹「飛狐」，構思情節豐富、曲折、複雜，兵不厭詐，想落天外。金庸這樣寫胡斐，既是借鑑西洋小說的高明手法，又因出於自己的的「狡詐」。讀者和論者似乎對此尚未悟出、悟透，本書試圖作些分析，供大家討論、參詳時參考。

胡斐命運的歷史背景

胡斐背負著歷史的重負，胡斐的命運受歷史背景的支配，他的渺茫前程，爲歷史的無奈所決定。

胡斐的歷史背景是明清易代，被當時文人和後代史家評論爲「天崩地坼」的時代。在這個時代，上演了無數血淚斑斑的悲劇，扼殺了無數美好的生命，留下了影響深遠的歷史後遺症，胡斐僅僅是餘風所及的滄海一粟而已。

金庸非常重視這個時代，他的小說與這個時代密切有關的，自他航入藝海所寫的第一部武俠小說《書劍恩仇錄》起，加上與《書劍恩仇錄》有人事淵源的《飛狐外傳》和《雪山飛狐》，他寫的第二部武俠小說《碧血劍》，到最後一部《鹿鼎記》，竟有五部之多，占他十三部長篇小說中的三分之一強。比寫宋遼之間的僅一部（《天龍八部》）、宋金之間的僅兩部（《射鵰英雄傳》、《神鵰俠侶》）相比要多得多，而且還貫穿他武俠小說創作歷程的始終，此皆可見他重視的程度。

本書對這個極爲重要歷史背景作此必要的介紹、分析和評論，以助讀者閱讀全書。其中牽涉到的重要歷史人物李自成，他對明清政局、戰局皆產生極爲重要的影響，金庸在《雪山飛狐．後記》中不厭其詳地介紹了他的五種結局，本書提供金庸和眾多讀者和學者所不知的、驚人的第六種結局，並對此人作出新的評論，供讀書和學者參考。

《書劍恩仇錄》和《飛狐外傳》、《雪山飛狐》三部曲

影響胡斐命運的歷史背景，除上述借用歷史眞實人物李自成及其結局，並虛構四衛士世代恩怨外，另一個純屬藝術虛構的背景是金庸第一部小說《書劍恩仇錄》中所描寫的紅花會群雄事跡，尤其是趙半山這位武學宗師。

《飛狐外傳》描寫胡斐少年時代初出江湖，與《書劍恩仇錄》敘述的紅花會英雄火燒雍和宮、大鬧紫禁城，才隔六年。可見胡一刀與苗人鳳搏殺和《飛狐外傳》、《雪山飛狐》中的不少人物，與《書劍恩仇錄》所描述的人物和事蹟同

時，兩書中的有些人物還互相相識，有過交往。《書劍恩仇錄》中的趙半山是《飛狐外傳》中的一位重要人物，而胡斐難忘的情人，也是從回疆、趙半山身邊翩然而來的。《飛狐外傳》臨近結尾的第十九章「相見歡」敘陳家洛率領紅花會群雄來到北京，與胡斐等人會師，其中有幾位與胡斐等人同破天下掌門人大會；而陳家洛、霍青桐等紅花會群雄自回疆來京，主要目的是因香香公主逝世十周年的忌辰到來，各自要到她墓上一祭。這個情節也遠溯《書劍恩仇錄》中描寫的舊事。《書劍恩仇錄》和《飛狐外傳》中的人物、情節有共同或緊密聯繫之處，因此，我們從一定的意義上可以說，《書劍恩仇錄》和《飛狐外傳》、《雪山飛狐》是一個三部曲，與《射鵰英雄傳》、《神鵰俠侶》、《倚天屠龍記》這個三部曲相類似。因此本書對《書劍恩仇錄》中與《飛狐外傳》有關的人物，也適當地做些評論，供讀者賞鑑時參考。

胡斐的人生哲學

生平篇

胡斐的背景：胡苗范田世代仇

胡斐的上一代，是闖王李自成的四大衛士之一，外號「飛天狐狸」，名震天下。闖王攻進北京滅亡明朝後，因搶占吳三桂的美妾陳圓圓，吳三桂降清，放清兵入山海關，利用清兵之力來報私仇。李自成帶兵北上阻擊，被清兵殺得大敗，只能離京出逃。至湖北通山縣九宮山被圍身亡。實際上闖王沒有死，只是被清兵重重包圍，難以脫身。苗、范、田三名衛士衝下山去求救，援兵遲遲不至，闖王見手下士兵死傷殆盡，心灰意懶，橫刀自刎，被飛天狐狸奪刀救下。

飛天狐狸急中生智，挑選一個陣亡將士換上闖王黃袍箭衣，再毀壞此屍面容，親自馱了，去清營投降。敵將不管眞假，上報表功，又乘機結束惡戰，少了性命之憂。九宮山立即解圍，闖王易容改裝，逃到湖南石門縣夾山普慈寺出家，法名爲奉天玉和尚，此爲李闖王大順二年（順治二年，即一六四五年），闖王一直活到康熙甲辰年（一六六四年）二月，即二十年後，七十高齡方才逝世。

飛天狐狸投降吳三桂後，在他手下任職。因智勇雙全、精明能幹，極受吳三桂信任。他不肯輕易刺殺吳三桂，而是挑撥吳三桂與滿清關係，逼令吳賊反叛，造成天下大亂，製造闖王的復國良機。如吳賊反叛被平定，他非滅族不可，這要比刺死他一人過癮得多。

順治帝在北京登基後，到處捉拿李自成餘黨。苗、范、田找尋飛天狐狸，要他領頭爲闖王報仇。三人爲逃脫滿清追捕，分別扮成江湖郎中、叫化子和腳夫。找了七、八年毫無音訊，三人即去雲南，決意刺殺吳三桂，爲闖王報仇。

三月初五晚上，三人越牆進入吳三桂府邸，立即被衛士發現，三人殺傷二十餘衛士，衝進吳三桂臥室，眼見行刺正要得手，突然旁邊閃出一人，竟是多年尋訪無著的義兄。此人武功奇高，保護著吳三桂，搏殺之際，大批衛士湧入，二人逃走，腳夫被捕，後又被這個義兄放出。三人又打聽出當日是這個義兄在九宮山將李自成殺害，投降滿清，現正在大漢奸吳三桂手下做到提督。

實際上，苗、范、田三個結義兄弟去昆明行刺吳三桂之時，飛天狐狸的計謀正順利進行著，故而阻攔三人的義舉，免得壞了大事。那年三月十五，他與三個義弟會飲滇池，正要說出前後眞相，誰想三人忌憚他武功超群，不敢與他多談，一抓住機會便痛下殺手，他自刎而死，以免三人負個戕害義兄的惡名，他臨死時流淚痛惜「大事不成」，又講元帥爺的軍刀大有干係，「他……老人家是在石門峽……」言未盡而氣已斷。

江湖上傳開三人殺義兄之事，飛天狐狸的兒子也聽說了，他傷心之餘，趕到昆明報仇。在破廟之中，找到三人，三人被他一一打倒，此子武藝得其父眞傳，果然了得。他訓斥三人不懂其父忍恥負辱之深意，又饒三人性命，明年三月十五再來登門拜訪。此時已値隆冬，三人當即北返，與家屬一起商議。

到了三月十五晚上，那兒子果然孤身趕到，他那時約二十歲上下，見在座有百餘人，即要三人另處交談，一頓飯後三人出廳自殺，此兒躍上屋頂而走。三家子女苦練武功報仇，二十餘年後三家後代找到此兒，他正患重病，被逼自殺。

從此四家後人輾轉報復，百餘年來，沒一家子孫能得善終。每次爭鬥，胡家子孫勢孤，落在下風，但每隔三、四十年，胡家定有一、二傑出子弟再來報仇。三家後人各有絕技，苗家練出苗家劍，范家成爲興漢丐幫首腦，田家建立了天龍門。雍正初年（一七二三年）苗范田三家爲爭奪掌管闖王的軍刀而起爭執，胡家此時出了一對武功極高的兄弟，傷了三家十多人。三家中由田家出面邀集眾多江湖好手，齊力殺了胡氏兄弟。於是軍刀由天龍門田氏執掌。後來天龍門分爲南北兩宗，兩宗每隔十年，輪流掌管此刀。

嬰兒成孤兒，父母之死竟成謎

乾隆十八年（一七五三年）臘月，胡斐剛出生的時候，其父胡一刀和其母胡夫人被金面佛苗人鳳和范幫主、田歸農帶領幾十人追殺。他們從關外一路跟隨胡一刀夫婦南來，在直隸（今河北）滄州一帶，被胡一刀殺傷多人。胡斐於此時出生，苗人鳳帶著二、三十條漢子追來，與胡一刀夫婦相遇。胡斐出生一天不到，胡一刀只管蘸酒給孩子吮。孩子一哭，苗大俠就帶眾人離去。次日苗大俠送戰書給胡一刀，胡一刀請江湖醫生閻基送回信。又過一日，苗、范、田又帶人來客店，胡一刀夫婦備齊酒菜，請他們吃喝，僅苗大俠一人敢上桌同吃。胡夫人問苗大俠，萬一給自己丈夫殺了，有什麼事需代辦，苗大俠說四年前有事去嶺南，山東武定縣商劍鳴上門來挑戰，見他不在家，殺掉他兩弟、一妹和不懂武藝的弟婦共四人，因與胡一刀決戰事未了，不敢冒險輕生去報仇。夫人道，此事交我們來辦。又講，我丈夫不一定勝你。苗大俠講，「你若不幸失手，這孩子我當自己兒子一般看待。」說罷胡苗公平地搏殺了一天。

晚上，胡一刀騎馬而去，天亮前才歸。兩人又格鬥一天，然後胡一刀送了一個包裹給苗大俠，苗拆開一看，原來是商劍鳴的首級和七枚金鏢。原來胡一刀一夜未睡，累死五匹馬，從直隸滄州到山東武定，近三百里，奔走一個來回，用金面佛苗人鳳的苗家劍法破了商劍鳴的八卦刀法，接住他七枚連珠鏢，殺了此人。他第一天與苗人鳳角鬥一天，便學會了苗家劍法。

當晚二更時分，有二、三十條大漢到客店屋頂上吆喝吵鬧，向胡一刀挑戰。胡一刀照睡不誤，雙耳不聞。胡夫人手拿一根綢帶，躍出窗外。眾人向她吆喝，她手舞綢帶，將幾十條漢子的兵刃全數奪下，人都摔下屋頂，抱頭鼠竄而去。

次日金面佛又來，看到掛在屋簷下的兵刃，已知原委，責罵跟來的眾人。

苗、胡再鬥一天，仍是不分勝負。苗人鳳當晚留下不走，與胡一刀痛飲一番，兩人抵足而眠，談武論藝。

第五天兩人又戰，胡夫人已看出苗人鳳漏洞，告訴丈夫。決鬥時，胡夫人連施暗號，胡一刀不肯乘隙殺他，反而請教苗人鳳為何有此破綻。兩人互換刀劍，各用對方武功比武，邊比武邊切磋，不意苗人鳳臨時變招，刀鋒在胡一刀左臂上劃開一口子，胡一刀則將苗人鳳踢飛在地，爬不起來。

苗人鳳看到胡一刀忍讓不踢死自己，感到他不會害死自己爹爹，胡一刀大感詫異：「我不是跟你說過了嗎？……」未及說完已中毒而死。

原來胡一刀派閻基去說明原委，轉告苗人鳳三件事：第一件說的是胡苗范田四家上代結仇的緣由。第二件說的是金面佛與田歸農兩人父親的死因。第三件則是關於闖王軍刀之事。正巧苗人鳳不在，田歸農聽到這番轉告，不僅未傳達給苗人鳳，而且密令閻基將毒藥塗在胡、苗兩人的刀劍之上，要讓兩人同歸於盡。

胡一刀夫人將胡斐拜託給苗人鳳後也舉刀自殺。

閻基溜進胡夫人房中偷盜，胡斐大哭，閻基想用被子悶住孩子，平阿四衝進去，擊昏閻基，搶救孤兒胡斐。平阿四抱走孩子，從閻基手中搶回拳經刀譜，但前面兩頁牢捏在閻基手中。田歸農來搶奪胡斐，在平阿四臉上砍了一劍，又砍斷他一條手臂。平阿四另一臂抱著孩子，被田歸農踢入河中，又被人救上船去，昏迷六天六夜，船上一位大娘給胡斐餵奶。

胡夫人在兒子襁褓中放了一包遺物，一封遺書，記明胡斐生日時辰、籍貫及祖宗姓名、世上的親戚等。平阿四見到遺書中有杜希孟姓名，便抱著孤兒投奔到玉筆山莊。杜莊主起心不良，想得胡一刀的武學秘本，又搜查胡夫人遺物，尋找藏寶秘密。平阿四連夜抱胡斐逃下雪峰，帶走武學秘本，但卻失落了胡夫人的遺物。胡斐幼年、少年時靠這本武學秘笈自學武功。

惡戰商家堡，武功得眞傳

胡斐在平阿四的照顧下成長，歲月悠悠，十三個春秋一晃而過。乾隆三十年（一七六五年），胡斐十三歲時由平阿四帶領，見識江湖。因避雨來到已故商劍鳴的府第商家堡。目睹避雨的馬行空一行被閻基一夥劫鏢，攜帶美妻也在避雨的田歸農，倚仗武藝高強，出面分配被劫鏢銀，正在此時苗人鳳攜幼女出現，跟隨田歸農的苗夫人被胡斐指責，掩面出奔，田歸農追出。商老太見群盜在她家撒野劫鏢，邀閻基進內廳比武。閻基被商老太砍傷，雖饒得性命，卻被割去頭髮，商老太令他出家。商老太留胡斐和平阿四在府內幫忙幹活。在混亂中，平阿四從閻基手中討回頭兩頁拳經。胡斐每天半夜練功，長進很快，馬行空也在商家養傷。此時尚是冬日，七、八個月後，一天半夜偶見商老太、商寶震母子練武，商老太講昔年馬行空、胡一刀與其父劍鳴比武、被殺之血仇。他正驚恐並設計離去，胡斐暴露身分，中商老太之計，被商老太母子嚴刑吊打。馬春花向商寶震求情，胡斐才留下性命，胡斐非常感激馬姑娘。他逃走後當夜報復，也吊打商寶震。

次日，福康安帶隨從王劍英兄弟等路過，拜訪王氏的師兄弟商劍鳴的商家堡，晚上商府設宴歡迎，胡斐闖來報仇，打敗商老太，又與王劍傑惡鬥。正在此時，紅花會趙半山帶呂小妹來捉拿本派叛賊、福康安的侍從陳禹。

王劍英在商老太的激將下，與胡斐惡鬥，幸得趙半山巧妙化解，胡斐才未落敗。

陳禹乘機挾持呂小妹爲人質，從容逃走。剛走到大廳門口，又被胡斐用計堵住，胡斐成功救出呂小妹，陳禹又落入趙半山手中。趙半山藉口指點陳禹，背誦和講解亂環訣和陰陽訣，將上乘武功原理傳授給旁聽的胡斐。

陳禹偷襲趙半山，趙半山反擊，又通過這次實戰指導胡斐，胡斐的武功由此進入精深階段。

福康安乘廳內混戰之時，勾引馬春花至隱蔽處，得遂淫慾。商老太母子乘亂退出廳外，將廳門緊閉，放火燒廳，要將胡斐和在場眾人悉數燒死。王劍英、劍傑兄弟逼趙半山交出胡斐，換得眾人活命，胡斐也願捨己救人，趙半山堅拒。他設計讓胡斐從狗洞鑽出，胡斐打退商氏母子，撞開廳門，放出眾人後，胡斐又衝入烈火中，在趙半山的幫助下，救出暈倒在火廳中的王劍傑。

商老太見復仇不成，鑽入火廳，端坐於烈火中自盡。臨死前她將馬行空踢入火廳內燒死，也算報成一個小仇。

趙半山器重胡斐的情深義重和聰明穎悟，期許胡斐將來成爲一代大俠，竟與這位英雄少年結義爲兄弟，贈金惜別。此時爲乾隆三十一年（一七六六年）秋天。

廣東抱不平，追殺鳳天南

四年後，乾隆三十五年（一七七〇年），胡斐已是一位十八歲的青年俠士。他騎馬南下廣東遊歷，來到佛山鎮。在英雄酒樓上看到街上的瘋婦，從酒客口中獲知南霸天鳳天南爲小妾造樓，強購鄰居鍾阿四的菜園不成，用毒計欺逼，鍾阿四被衙門關押拷打，其子鍾小三慘死，鍾四嫂發瘋。胡斐見鳳家惡奴欺凌鍾小二，出手相救，大鬧鳳天南的英雄酒樓，之後又去鳳家開的當鋪「英雄典當」、賭場「英雄會館」鬧事、攪局。鳳天南之子鳳一鳴趕來，被胡斐痛打後又被拖到北帝廟剖腹，替鍾小三報仇。

鳳天南趕來救子，被胡斐打得大敗，鳳氏父子抱頭痛哭，自知死到臨頭。正在此時，廟外有人高聲辱罵胡斐，並向胡斐挑戰。胡斐搶出廟門，見三人騎馬向西急馳，邊走邊罵。胡斐奪馬飛追，雙方交戰，胡斐發現對手是不會武功的潑皮，自知已中調虎離山之計，趕緊奔回北帝廟，鍾氏全家已被慘殺，鳳氏全家則已出逃。

胡斐見佛山鎮上鳳氏的宅第、店鋪全部起火，鳳氏父子毀家避禍，又從鳳氏中出來的侍衛對話中知，福康安要舉辦天下掌門人大會，胡斐決定北上，追蹤鳳氏父子，到掌門人大會去打聽鳳氏逃向何處的消息。

路遇袁紫衣，驚喜又驚奇

胡斐騎馬急馳，進入湖南，未見鳳氏蹤影，卻見一女飛馳而過，所騎白馬似是趙半山當年的坐騎。在衡陽酒館，胡斐包袱被盜，落得身無分文。店家夥計指點他去楓葉莊爲萬老拳師弔喪，可得一些盤纏。

胡斐來到韋陀門掌門萬鶴聲的靈堂，酒席上，眾人建議其三位徒弟比武，勝者爲新任掌門人。打鬥到緊要關頭，進來一位紫衣少女挑戰。她用似是實非、可以亂眞的韋陀門武功打敗萬氏三徒。與萬鶴聲並稱「韋陀雙鶴」的同門師弟、年過六十的劉鶴眞出場挑戰。他用酒杯擺下韋陀門的鎮門之寶「天罡梅花樁」與袁紫衣比武，袁紫衣用巧計戰勝劉鶴眞，奪得韋陀門的掌門名號。胡斐乘機溜出，騎上袁紫衣的白馬逃走。

袁紫衣急追，半途中又被胡斐奪回她盜走的包袱。兩人並馬同行時，胡斐正想打聽趙半山的消息，路遇藍秦等一行三騎。袁紫衣又用精湛武功和神妙變化，從藍秦手中奪得廣西梧州八仙劍的掌門。正得意間，袁紫衣中曹融和崔百勝的火器和毒蠍子攻擊，胡斐逮住兩人，逼他們交出解藥並懲罰兩人。袁紫衣作弄胡斐，將他摔入臭泥塘中後騎馬逃走。

在湘潭以北離長沙不遠處，袁紫衣見湘江中，群豪禮送九龍派掌門人易吉去北京出席掌門人大會。她打斷送行的鞭炮，躍上船去挑釁，用惡語相傷，逼易吉動手。兩人在大船上激戰，引來萬眾仰視、喝采。胡斐也趕到江邊，旁觀袁、易之鬥。袁紫衣大占上風，危急時又得胡斐鼎力相助，終於戰勝易吉，又奪得九龍派掌門之職。

兩人並馬同行，說笑間卻下起大雨，即到路邊山坳中一座「湘妃神祠」古廟中躲雨。交談中袁紫衣建議胡斐也多抱幾家掌門人，攪得福康安的掌門人大會七零八落，不成氣候。

半夜，鳳天南父子率眾路過，竟也來古廟躲雨歇息。胡斐要殺鳳天南一家，替鍾阿四一家報仇。不料袁紫衣卻請求胡斐饒鳳氏父子生命，面對心愛的美人軟語相求，但胡斐仍堅辭不允。袁紫衣便出手攻擊胡斐，在兩人惡鬥之傑，鳳氏父子乘機率眾逃走。黑夜中，胡斐中她的金蟬脫殼之計，她乘隙奪走他的兵器，上馬追趕鳳天南而去。

胡斐在破廟中大感懊喪，正惆悵間，身受重傷的劉鶴眞與他的妙齡夫人也來此廟躲雨。

爲救苗大俠，相知程靈素

胡斐同情這對老夫少妻的伉儷情深，在「鄂北鍾氏三雄」鍾兆英、兆文、兆能來搜捉劉鶴眞時，將他們騙走。鍾氏三雄重回古廟搜尋時，胡斐好不容易在廟外擊敗三雄，回廟一看，劉鶴眞夫婦已然溜走。他一路追蹤，發現兩人並未受傷，跟到一座孤零零的小屋，原來正是苗人鳳的住所。

劉鶴眞送上三件兵器和一封書信，苗人鳳看信後大怒，撕碎信紙，信紙一破，噴出一團黃煙，毒瞎了苗人鳳的雙眼。鍾氏三雄本來尋苗人鳳較量，見苗人鳳遭難，反而救助他，此時屋內已有四人竄入，被苗人鳳擊敗便放火燒屋。胡斐先救火，又替苗人鳳抱過女兒，保護這位年方六、七歲的女孩。劉鶴眞則擒住放火放毒的張飛雄。原來他是田歸農的徒弟，受師父指派而來。苗人鳳問清原委，饒了張飛雄及其同夥。劉鶴眞上張飛雄之當，爲他送信，深感歉疚，當場自毀雙目作爲向苗人鳳賠禮道歉。

張飛雄感愧不已，去而復返：毒藥是師父從毒手藥王處得來，找到他可求得解藥，此人在洞庭湖畔隱居。

胡斐與鍾兆文同去尋找名聲威赫、深居不出、兇狠異常的毒手藥王，在白馬寺鎮附近鄉村向一位少女打聽藥王莊所在。她要胡斐挑糞水澆花，指點他們方向並送他兩棵藍花。他們來到大墳似的鐵屋邊，差點中毒，無功而返。返程再來到遇見少女之處已是半夜，少女程靈素請他們吃飯，並帶胡斐去找她的師兄姐慕容景岳、薛鵲、姜鐵山等，且告知其師父毒手藥王已故，且將「藥王神篇」秘笈傳給程靈素的消息，於是三人撲向程姑娘要搶秘笈，被胡斐擊退。之後程靈素將毒煙吹入封閉的鐵屋，爲姜鐵山、薛鵲的兒子姜小鐵治療。然後她隨胡斐、鍾兆文去救治苗人鳳。

當胡斐攜著程靈素回到苗人鳳住處時，苗人鳳正被田歸農率眾圍攻，鍾氏三雄全被擒綁。程靈素正想點蠟燭放毒，田歸農之女，年約十六歲的田青文在旁識破機關，施暗器打斷蠟燭，苗人鳳連傷五敵，田歸農正要施詭計，胡斐上前挑戰。經過激戰，胡斐將田歸農打成重傷，田歸農只得率眾退走。

程靈素爲苗大俠雙眼療毒後，又燒飯。三人吃飯時，苗人鳳用筷子比劃，指點胡斐如何施展胡家刀法，教以動作要慢，以及後發制人、以客犯主、遲勝於急的勝敵原則。胡斐自此才眞正踏入第一流的高手境界。

苗人鳳慶幸胡一刀的胡家刀法絕技有了傳人。又坦承自己在十八年前因誤傷而害了胡一刀夫婦的性命。胡斐竄出屋子，狂奔十來里，大哭，決心練好武藝後再來報仇。

路逢奇遇

胡斐與程靈素一路北上，路過義堂鎮，客店中已有人恭候他，款待後又帶他去一個大宅，連良田四百餘畝、書僮傭僕等，皆由人饋贈給他。胡斐要找鳳天南報仇，不肯在此逍遙享福，次日與程靈素繼續北行。傍晚到達安陸，又有客店奉命款待照應，一連幾日都是如此。第四日動身後，程靈素提議兩人改容，胡斐沾上假鬚，扮成四十來歲的中年漢子，傍晚到廣水，客店中有人張望等候，因胡斐改容，他們不識，未予招待。胡斐暗中好笑，又發現徐錚、馬春花夫婦帶著一對年約四歲的孿生男孩，護鏢路過此地，也借宿此店。當夜即有人來大聲鬧店，宣稱前來劫鏢。

次日胡程跟在徐馬兩人之後而行，傍晚群盜有十六騎，將四人團團圍住。姓褚的老盜攻擊徐錚，旁觀群盜嘲罵徐錚，危急中，胡斐空手奪刃救下徐錚。聶姓使劍者向胡斐挑戰，他又從褚姓手中奪來武器與其相鬥，又奪到其手中之劍，欲用大石砸劍，聶姓使劍者心痛寶劍，胡斐雙手奉還。

胡程徐馬四人急馳而走，胡程與徐馬分手不久，群盜追過來奪走馬春花二兒，又纏住徐錚，胡程帶著馬春花避進路邊石屋。群盜團團圍住石屋，胡斐向馬春花表明自己的身分和對她當年出語相救的感激之情。

與群盜相峙至夜間，胡斐擒住對方的汪鐵鶚為人質，然後馬春花去群盜處商談。馬春花回來後，見為福康安侍衛商寶震殺死的徐錚，她也殺了商寶震，為丈夫報仇。胡斐約請對方秦耐之比武、交談，方知是福康安想念舊情，派人探查馬春花近況，侍衛發現馬春花所育之二子實是與福康安偷情所生，所以假裝劫鏢，殺死徐錚，想將馬春花母子送到北京與福康安團聚。

京華奇遇

胡斐與程靈素來到北京已是八月初九，離中秋舉行的掌門人大會尚有六天。在街上巧遇汪鐵鶚，被他請到聚英樓喝酒，遇見秦耐之，又同去隔房看一群武官賭牌九，即為胡斐路上見過的如褚姓、聶姓等人。大家邀胡斐同賭，玩到晚上，又來周鐵鷦、曾鐵鷗、殷仲翔三人。賭注漸大，最後周鐵鷦輸給胡斐一張屋契，是宣武門內一座四畝地的大宅，至少值六、七千兩銀子。

次日，胡斐與程靈素被請到大宅，程靈素看出此宅價值至少在二萬兩銀子以上，胡斐想不出對方故意送他豪宅之意。午後，眾武官帶宴席來祝賀，席散時八月初十之月高照，周鐵鷦等安排鳳天南來向胡斐陪禮。胡斐不聽眾人勸說，擊退周鐵鷦等，捉拿鳳天南，正擒住他要下手，又被袁紫衣趕來相救。

胡袁大打出手，緊要關頭，袁紫衣不擋胡斐刺來之刀，將軟鞭掃向曾鐵鷗、周鐵鷦、秦耐之三人，要奪他們的三家半掌門。

袁紫衣就在花園涼亭中先後打傷秦耐之、王劍英、周鐵鷦三人，奪到八極拳、八卦門、鷹爪雁行門的掌門，塞北雷電門的褚轟不敢應戰。眾武官鎩羽而歸，胡斐將他們直送至大門口。

回到花園，天下雷雨，胡斐與袁紫衣、程靈素進書房交談。

袁紫衣告訴胡斐，自己的母親袁銀姑打漁為生，二十年前的一天，她送魚進鳳府時被鳳天南逼姦並因此懷孕，銀姑之父知情後便去鳳府理論，卻被鳳老爺叫人打了一頓，只能帶著氣回家，之後一病不起終至死亡；銀姑逃到佛山鎮生下女兒後，只能行乞為生。魚行的一個夥計以前與銀姑相識且很說得來，他願娶她為妻，拜堂成親時，鳳天南派徒弟打散宴席，打死新郎。銀姑只好抱著女兒逃往外地。這次袁紫衣東來中原報仇，師父吩咐：「你可救他三次性命，以了父女之情。」程靈素問她母親的情況，袁紫衣說：她逃到江西南昌，在湯沛家幫佣，後即死在湯府。「我媽死後第三天，我師父便接了我去，帶我到回疆，隔了一十八年，這才回到中原。」

問起紅花會群雄，袁紫衣說他們即來，又講文四嫂駱冰聽趙半山講胡斐喜歡她的白馬，託袁姑娘騎來贈他。袁紫衣和胡斐相約於中秋去福康安府中攪散掌門人大會後便告別了。

袁紫衣離開不久，聶鉞半夜來請胡斐。原來是馬春花請他到福康安府中，一則感謝他路上保護、幫助，二則請求收她的雙生兒為徒，授他們武藝。說話間，福康安來，見到胡斐很不高興。胡斐告辭出來，尚未出大門，即有四名武官快步追上，交給胡斐一只錦盒，說是馬姑娘贈送的禮物。胡斐拒收，武官懇求他收下，又說：「聶大哥，你勸勸胡大爺……」聶鉞也說胡斐如不收禮物，主人怪罪下來，武官便要毀了前程。胡斐打開盒子，雙手被牢牢夾住，劇痛徹骨。原來這是西洋進口精鋼製成的捕人刑具。那武官凶相畢露，用匕首逼胡斐跟著他們走。聶鉞自愧禍出於己，伸出雙手，硬掰開這個機具，為首武官當即刺死聶鉞。胡斐打死武官，潛行在花園中，聽到福康安吩咐下人暗害自己。又聽到福康安母親關照兒子，毒死馬春花，留下這兩個孩子。胡斐急趕去救護馬春花，已見她手抱肚子，倒在地上，口裡呻吟，已然喝下了毒藥。胡斐抱著馬春花，擊退衛士，翻出高牆，見剛才接送自己的馬車還在，即上車逃跑，擺脫追兵後，回到宅中。但旋即有不少衛士越牆而入，成群前來搜捕。程靈素用計引他們集中奔入廳內，用迷藥將他們全數熏昏。胡斐負起馬春花越牆而出，發現官兵四處巡查。胡斐和程靈素帶著馬春花翻牆進入一所大宅躲避。

胡、程發現西岳華拳門在此聚會，正在比武，推舉掌門人。官兵也進宅來搜查，幸而未發現胡斐等人而走。胡斐冒充天字派門人，自稱程靈胡，跳上擂台比武，想奪得掌門人，號令他們為自己出力。

胡斐接連打敗數人，老拳師蔡威看出胡斐的華拳似是而非，幸得程靈素設法逼天字派第一強手姬曉峰出來幫助，胡斐終於奪得掌門之職。胡程兩人連忙抬馬春花入房，程靈素精心醫治。

胡斐向姬曉峰講清自己要救馬春花，不得已才搶華拳派掌門人做；向姬曉峰抱歉並保證十天內將掌門人之位禮讓於他。姬曉峰將十二路西岳華拳傳授給胡斐。

程靈素此時已精心為胡斐化裝，貼得虬髯滿面，年齡猛增二十餘歲，無人能看出他的眞實面目。

馬春花想念兒子，心情焦躁，程靈素無法有效醫治。胡斐決心冒險再進福康安府中奪回雙生兒。他到福康安府附近酒樓獨自小酌，恰見汪鐵鶚也來飲酒，便請他幫助。汪鐵鶚在周鐵鷦的設計下，派人半夜引胡斐進府。胡斐一掌打掉福康安母親的兩枚牙齒，打腫她半邊臉面，扭住她當人質，臂中抱著二子；正在此時周鐵鷦前來接應，用調虎離山計，放胡斐翻逃出牆。

胡同、大街都是官兵，胡斐無處可逃，程靈素則僱來大批糞車，在街上奔馳。胡斐攜兩個孩子搭糞車而逃，糞車不斷分馳，不斷分散追兵，終於順利逃回住地。馬春花見了孩子，精神大振，程靈素為她除毒也趨順利。

天下掌門人大會

轉眼已到中秋，午後，胡斐與程靈素重新化裝，去福康安府中出席天下掌門人大會。胡斐以華拳掌門身分，與程靈素、蔡威等坐東首一席。胡斐暗中觀察，大廳內共是六十二桌，每桌八人，分為兩派，與會的共是一百二十四家掌門。又見鳳天南坐在西首第四席。接著，少林寺方丈大智、武當山太和宮觀主無青子、甘霖惠七省湯沛、滿州遼東黑龍門掌門海蘭弼四人坐在正中四席。福康安出場後，宣布獎品爲御賜玉龍杯，比武得勝者可捧回。

盛宴結束後開始比武。金剛拳掌門人周隆先戰「千里獨行俠」歐陽公政；周隆雖勝，兩人已皆受重傷。鴨形門的齊伯濤、陳高波剛要相鬥，同門一老者上去教訓兩人：「福大帥要挑你們自相殘殺，爲了幾只喝酒嫌小、裝尿不夠的杯子，大家拚個你死我活！」將兩人扭回席間。

陝西地堂拳掌門人宗雄向二郎拳掌門人黃希節挑戰失利，他的大弟子上陣相幫，黃希節兒子也上陣相幫，四人混戰成一團，被海蘭弼一一擲出，被衛士拆開。

貴州雙子門掌門人是雙胞胎，倪不大、倪不小，他們上場攪局，鳳陽府五湖門掌門人桑飛虹上前去認識有何區別，誰大誰小，吵鬧中倪氏昆仲合打桑姑娘，又去福康安身邊搶奪馬春花的雙生兒；海蘭弼和湯沛擊敗倪氏兄弟，此時突然出現紅花會的常赫志、常伯志兄弟，他們「向天下英雄問好」。說畢，救出倪氏兄弟而走。

又經過一些混鬥，紅花會心硯以少年書生形象出現，存心搗亂，湯沛擒拿心硯和桑飛虹，趙半山冒充衛士，挾持老太監假傳聖旨，經過激鬥，將兩人救出。田歸農進場，擊敗和作弄童懷道、李廷豹，石萬嗔、慕容景岳和薛鵲進場放毒，震懾全場。接著鳳天南上場，連敗六、七人，皆靠勾結湯沛，賴無影銀針傷人，又擊傷暗器高手柯子容。程靈素在旁放爆竹搗亂，胡斐上場先奪來田歸農的寶刀，又擊敗鳳天南，正在此時袁紫衣以尼姑裝束上場，自稱「圓性」，胡斐大驚之時，背上要穴中了兩針，受傷倒地，被程靈素救起。玉杯沾上程靈素施放爆竹時裝進去的毒粉，湯沛等上前取杯，痛得怪叫，杯子全落地打碎。

圓性上前指斥湯沛故意打碎玉杯，又揭發他「與紅花會勾結，混進大會來搗蛋」，指出他帽中藏有密信，迫使湯沛當眾承認逼姦難女，害人自盡。湯沛看出圓性是銀姑之女，於是硬咬「鳳天南父女倆設下圈套，陷害於我」。鳳天南也反咬湯沛的確勾結紅花會，湯沛怒極，激發四枚銀針，將鳳天南射死。廳內大亂，程靈素乘機放毒，眾人都覺肚痛，有人大叫「福大帥要毒死我們！」群豪擊退衛衛士，亂哄哄逃出福康安府邸，天下掌門人大會終被徹底攪散。

與紅花會群雄喜逢與惜別

胡斐、圓性、程靈素三人見大批清兵趕來，避入小胡同中。圓性說蔡威派人將馬姑娘、雙生兒送給福康安，她途中攔截，只救出馬姑娘，將她安置在西郊外一所破廟中。他們趕去，馬春花受了驚嚇，又失去孩子，已命在旦夕。

圓性告別而走，胡斐心思迷茫，良久之後迎面過來九騎，其中一人爲陳家洛，他卻錯以爲福康安，胡斐急上擒拿，被此人擊退，獨臂道人劍擊胡斐，並約他今夜三更在陶然亭比武。

當夜三更之前，陳家洛率領霍青桐及紅花會群雄在陶然亭香香公主墓上祭奠，因爲這日是她逝世十年的忌辰。

胡斐應約來此，與「獨臂道人」無塵道長決戰五百回合，兩人各施絕技，棋逢敵手，極感快意。正在此時大批清宮衛士包圍紅花會群雄，他們是「滿州第一勇士」德布率領的號稱「大內十八高手」的四滿、五蒙、九藏僧。胡斐智勇多變，一人殺敗十八高手後，無青子又與他比武。趙半山過來介紹胡斐與紅花會群雄見面，群雄齊嘆胡斐武藝出眾，少年英雄。

胡斐請求陳家洛假以福康安的身分給馬春花以臨終安慰。馬春花將雙生兒托交義父胡斐。馬春花亡故後，胡斐與群雄惜別，又託常氏兄弟將雙生兒先行帶到回疆，他以後也去回疆和眾人聚會。

他和程靈素來到藥王廟，石萬嗔隱藏於馬春花的床板之下，慕容景岳和薛鵲躲在板門之後，伏擊胡、程兩人。激戰中，胡斐身中三種劇毒，跌倒在地，臨終前他關照程姑娘去投奔苗大俠。程靈素捨命吸出胡斐的毒血，用妙藥醫治胡斐後，自己中毒而死，倒在胡斐身邊。石萬嗔等三人摸回破廟，見胡程死在地上，要搶《藥王神篇》，卻中了程姑娘生前設下的奇計，慕容景岳、薛鵲當場中毒而死，石萬嗔被毒瞎雙眼，逃出廟去。

胡斐病癒起身，將程、馬姑娘遺體火化，帶著程姑娘的骨灰去滄州祖墳。路上在酒店中看到石萬嗔想毒死曾鐵鷗等，結果毒死自己。

在滄州祖墳祭奠時，圓性趕來關照田歸農率大批好手來此伏擊，她自己已追殺湯沛，但激鬥中也身受重傷。

田歸農包圍胡袁兩人，田歸農賴寶刀削斷胡斐武器，又靠人多勢眾，卻置胡袁兩人於死地。南蘭用巧妙手法暗示胡斐趕快挖墳，胡斐爲程姑娘的骨灰挖墳，右手摸到埋在墳中之寶刀。有此寶刀，胡斐擊敗手持寶刀的田歸農及其幫凶，田歸農率眾倉皇逃走。

胡斐放回寶刀，將程姑娘的骨灰罈放入土坑，長埋於父母的身畔。

圓性與胡斐訣別，她一人獨騎西去，留下胡斐與白馬悵然欲失，獨立蒼茫。

與苗若蘭相戀和玉筆峰大戰

悠悠歲月，又過十年，乾隆四十五年三月十五，胡斐來到玉筆峰，向杜希孟要回母親遺物。杜希孟竟約寶樹和尚（閻基）上山，一起對付胡斐，閻基又將天龍門南宗的曹雲奇、周雲陽、阮士中、殷吉，北宗之田歸農之女、「錦毛貂」田青文，「鎮關東」陶百歲和陶子安父子、北京平通鏢局總鏢頭熊元獻、鄭三娘、京中一等侍衛劉元鶴等引上山，但胡斐上山時，群惡見他武藝高強，威力無窮，不敢阻攔，全部逃散。苗人鳳的女兒苗若蘭也是客人，她獨自留下接待胡斐，招待酒食，又奏漢琴助興。胡斐與她交談甚歡，他背誦苗姑娘所奏之曲辭。他見主人外出未歸，便下山去。別後胡苗兩人互相敬慕思念。

閻基與群惡找到線索，去尋覓闖王留下的寶庫，臨走時他點了苗姑娘的穴道，田青文剝除她衣衫，塞在被窩中。胡斐再次上山，見莊內空無一人，剛坐下又突聞有人進來，倉卒間躲入被窩，才發現僅穿內衣的苗姑娘也在被窩內，兩人尷尬難言。

原來是莊主杜希孟勾結賽總管、范幫主，以請苗人鳳上山對付胡斐為由，在此伏擊苗大俠。苗人鳳按時赴約而來，被內奸范幫主點了要穴，賽總管正要下手殺害苗大俠，胡斐從被窩中竄出。經過惡戰，他擊敗賽總管和靈清居士、玄冥子、杜希孟等眾多高手，苗人鳳此時已自解穴道，掙脫鐐銬，與敵手激戰。

惡戰中眾人發現赤身露體的苗若蘭，苗大俠見胡斐剛才從被窩中竄出，以為他凌辱女兒；胡斐抱住苗若蘭飛身出莊下山，躺在山洞中。胡斐替苗若蘭解開穴道，兩人在山洞中長談，互訴愛慕之心，當場結爲情侶。兩人又互道家世，介紹父母情況。苗若蘭追敘幼時聽苗大俠介紹胡一刀夫婦的情況，和對胡斐的思念。

此前，在玉筆山莊等候莊主回來之時，閻基、苗若蘭、平阿四三人從不同角度回憶和敘述胡一刀夫婦在滄州生兒、胡一刀和苗人鳳比武的五天和田歸農用毒藥暗害胡一刀的全部過程，苗人鳳實非殺害胡一刀的兇手，也已眞相大白。接著陶百歲、殷吉、陶子安、劉元鶴四人又先後回憶和敘說田歸農封刀退隱之日，害怕胡斐前來報仇，當夜又聞悉女兒田青文殺死和埋葬與曹雲奇私通生下的嬰兒，用毒計謀害原定的女婿陶子安，苗大俠尋來，討回已故前妻南蘭的遺物和秘藏闖王寶庫線索的鳳頭珠釵以及南蘭的骨灰罈。苗人鳳同時送回他被徒弟所盜走的寶刀和私生下外孫的死嬰。田歸農又氣又恨，自盡而死。苗若蘭在旁聽到他們的回憶，已明白田歸農、她自己母親的結局和田青文的醜史。但她來不及向胡斐講清胡一刀死因和田歸農的下場之詳情，因爲他倆聽到山洞底下的聲音，便下去查看。

胡闖寶庫之戰和苗胡山崖之戰

劉元鶴從苗若蘭頭上搶來南蘭留下的珠釵，從中尋出寶庫之圖，與閻基及群惡尋到寶庫，原來這便是闖王留下作為軍餉用的珠寶藏地。群凶入庫後，見到冰封的田、苗之父正在互鬥的屍體，明白兩人同歸於盡的眞相。群惡見珍寶堆積如山，眼紅而爭搶，殺成一團，醜態畢露。

胡斐和苗若蘭循聲尋來，進入山洞。閻基以為胡斐的功夫平常，竟先下手攻擊。胡斐見到殺害父母的兇手如此貪財兇惡，他抄起一把珠寶，向他周身彈射，要慢慢將他折磨而死，以平胸中怒氣。

苗若蘭不忍目睹慘狀，勸胡斐息手相饒。兩人回到洞口，胡斐見群凶留戀珍寶，無人願放棄珍寶換來活命，便將洞口巨石放回原處，堵住出口。群凶全部死在洞中，無一生還。

胡苗在月光、雪地下，見方才伏擊苗大俠的群惡從玉筆峰逃出，苗大俠關照：「是我放人走路，旁人不必阻攔。」胡斐便讓群凶自逃。

杜希孟受傷，一跛一拐地走近，還給胡斐一個包裹，說：「這是你媽的遺物。」胡斐接在手中，似有一股熱氣從包裹傳到心中，全身不禁顫抖不已。

苗若蘭正要向父親解釋一切，苗大俠心急，不聽女兒呼喚，即邀胡斐到右側山峰說話。

苗若蘭叮囑：「我知道爹爹脾氣，若是他惱了你，甚至罵你打你，你都瞧在我臉上，便讓了他這一回。」胡斐應允後即離去。

苗胡在山崖相見，未及開言，苗大俠恨胡斐欺凌自己女兒，出手攻擊。

兩人武功不相上下，站在峭壁上激鬥，驚險萬狀。胡斐在第一回合即跌下懸崖，苗大俠拉他上來，以報答先前的救命之恩。

第二回，兩人鬥拳三百餘招，不分勝敗，便用樹枝爲刀劍，重比輸贏。苗大俠立足處的岩石下墜，胡斐出手拉他，兩人一起墜落到下面的危石之上，隨時可能跌下喪命。此時胡斐發現平阿四轉述胡一刀夫人發現的苗大俠之破綻，他突發奇招，一擊便可擊中苗大俠，令他跌下深崖而死。

苗大俠閉目待死，胡斐則心存猶豫：他答應苗姑娘不傷她父親。但他如不擊，苗大俠正揮劍擊來的一招便要致己死命。

胡斐是否一刀劈下，還是不劈？

苗若蘭還在雪地上、月光下等候兩人歸來。

小說至此戛然而止，不知胡苗兩人凶吉如何。

胡𡠉的人生哲學

性情篇

路見不平，挺身而出的俠義性格

胡斐正義感非常強，路遇不平，絕不沉默，非要挺身而出包打不平不可。

有人會說：俠義之士，都是如此，胡斐的維持正義、道德舉動乃理應如此，又有什麼奇特？

別的俠義之士，多是成名英雄或武藝高強的俠客，而胡斐初入江湖，即以維護正義為己任，他此時還是個飢寒交迫、年方十三歲的孩子。他又無堅硬的靠山，只有一個身罹殘疾、無武功、無文化的義僕。他們在別人眼中的可憐模樣十分不堪：

> 徐錚忙向商寶震告辭，回到廳上。只見火堆旁又多了兩個避雨之人。一個是沒了右臂的獨臂人，一條極長的刀疤從右眉起斜過鼻子，一直延伸到左邊嘴角，在火光照耀下顯得面目極是可怖；另一個是個十三、四歲的男

孩，黃黃瘦瘦。兩人衣衫都很襤褸。

徐錚向兩人望了一眼，也不在意，……

徐錚的師父馬行空雖是著名鏢師，其武藝在江湖上至多勉強可入三流；徐錚的武功更微不足道，至少還不入流，他還不將兩人放在眼裡，可見胡斐形象、地位之卑微，尤如普通的行乞小兒。

可是當武功超一流的頂峰式人物苗人鳳、田歸農爲婚戀糾紛當眾較勁，苗夫人因私情而不理親生幼女，苗人鳳痛苦至極，冒雨抱女離開之時，在場群豪無一敢於出聲，突然間一個黃瘦小孩從人叢中鑽了出來，指著苗夫人叫道：「你女兒要你抱，幹麼你不睬她？你做媽媽的，怎麼一點良心也沒有？」

這幾句話人人心中都想到了，可是卻由一個乞兒模樣的黃瘦小兒說出口來，眾人心中都是一怔。只聽轟轟隆隆雷聲過去，那男孩大聲道：「你良心不好，雷公劈死你！」戟指怒斥，一個衣衫襤褸的孩童，霎時間竟是大有威勢。

田歸農一怔，刷的一聲，長劍出鞘，喝道：「小叫化，你胡說八道什麼？」

那盜魁閻基上前喝道：「快給田相公……夫……夫人磕頭。」那男孩不去理他，臉上正氣凜然，仍是指著苗夫人叫道：「你……你好沒良心！」田歸農提起長劍，正要用力刺去……胡斐差點為此喪命。

胡斐自己在孤苦的環境中長大，從來沒有享受過母愛。在粗礪惡劣的環境中，胡斐並不像有些人那樣變得麻木和缺乏愛心，依然懷抱火一樣的熱情。

人人未瞧入眼，猶如行乞小兒的胡斐，面對強暴，敢於伸張正義，眾人在潛意識中對他已不無敬意。所以傍晚時分大雨止後，獨臂的平阿四攜著男孩之手，也待告辭，商老太向那男孩瞧了一眼，想起他怒斥苗夫人時那正氣凜然的神情，自忖：「這小小孩童，居然有此膽識，倒也少見。」心狠手辣、性格暴躁乖戾但母性未泯的商老太，也不由得對這個黃瘦貧賤的小孩另眼相看，溫語詢問：「兩位要上何處，盤纏可夠用了？」沉吟半晌後收留他倆在莊內幹活，提供食宿。

胡斐第二次打抱不平是為廣東佛山的菜農鍾阿四一家。鳳天南為新娶七姨太起造鳳樓，要霸占大宅旁邊鍾阿四的菜地。鍾阿四靠菜園種菜吃飯，不肯出讓這塊菜地，鳳天南指使家丁硬咬鍾家的兒子小二子、小三子兄弟倆偷鵝，買通衙門將鍾阿四鎖去關押、拷打。鍾四嫂氣怒交加，將小三子拖到祖廟，在眾人面前剖開他肚子，證明他並沒偷鵝吃。小三子慘死，鍾四嫂發瘋。胡斐在酒樓上聽說此事，大怒，他大鬧鳳天南開的酒店、當鋪和賭場，嚴懲鳳天南的惡奴，又與鳳天南、鳳一鳴父子較量後，將他們制服，要殺鳳一鳴為鍾阿四的兒子報仇，逼得鳳天南要當場自殺。鳳天南被袁紫衣救走後，胡斐鍥而不捨地追擒鳳氏父子。在破廟躲雨時，他巧遇鳳天南父子，打敗鳳氏父子後又逼得鳳天南只好又要當場自殺。鳳天南第二次被袁紫衣救走，他繼續追殺。到北京後，對鳳天南沿路的招待和所贈豪宅並求人代為賠禮道歉，他都毫不動心，堅決要殺鳳天南為鍾阿四報仇。

胡斐第三次打抱不平，是路遇苗人鳳被田歸農所派弟子張飛雄毒瞎眼睛，和田歸農率眾圍攻。胡斐與田歸農惡戰並大獲全勝。

胡斐第四次打抱不平是路遇徐錚、馬春花夫婦被「群盜」包圍，胡斐和徐錚夫婦都認為「群盜」要劫奪徐錚夫婦保送的鏢銀。胡斐幫助徐錚、馬春花夫婦與「群盜」苦戰，置生死於度外，保護徐、馬與鏢銀的安全。馬春花與「群盜」的領首老者交談後，馬春花已知原委；胡斐經秦耐之攤底相告，才知福康安派他們來打探馬春花近況。

胡斐第五次打抱不平，是胡斐在掌門人大會上目睹田歸農在比武時捉弄剛直憨厚的童懷道、李廷豹。田歸農點中童懷道的穴道，讓他當眾保持揮錘擊人的姿勢和橫眉怒目的模樣，一動也不能動，極爲可笑，叫他在眾人面前出醜。李廷豹上前譴責田歸農，又上田歸農的當，將童懷道踢倒，童懷道的姿勢未變，滾躺在地上，引得福康安和眾貴官等人哈哈大笑。在場群豪敢怒不敢言，胡斐丟酒杯，解開童懷道，救他出困境。

胡斐第六次打抱不平，是眼見馬春花被福康安母親毒死，兩個雙生兒子被福康安抱去，胡斐冒著極大的風險，將馬春花母子救出，又設法將她們母子隱藏起來。馬春花最後雖未能救活，胡斐成功地第二次救出這對雙生兒，應馬春花之請求，當這對孿生兒的義父，承擔保護撫育他們的責任。

胡斐第七次打抱不平是在玉筆山莊躲在被窩中時，耳聞賽總管率眾埋伏襲擊苗人鳳，他們用陰謀詭計點了苗人鳳穴道，欲置其死地，胡斐以一敵眾，擊敗群敵，救助苗人鳳脫險。

他在破廟中避雨那晚，還曾救助過劉鶴眞夫婦。

胡斐共八次打抱不平，其中救馬春花有報恩的成分，救鍾阿四、劉鶴眞夫婦和童懷道等原本不相識、與自己無關的弱者，這與其他俠義之士的舉動並無不同，但胡斐打抱不平卻有與眾不同的特點：第一次斥責苗夫人時，他自己還是一個弱小的孩子，在武力上難與田歸農匹敵，他竟敢挺身而出。第二次為鍾阿四打抱不平時，正如金庸自己說的：

孟子說：「富貴不能淫，貧賤不能移，威武不能屈，此之謂大丈夫。」武俠人物對富貴貧賤並不放在心上，更加不屈於威武，這大丈夫的三條標準，他們都不難做到。在本書之中，我想給胡斐增加一些要求，要他「不為美色所動，不為哀懇所動，不為面子所動。」英雄難過美人關，像袁紫衣那樣美貌的姑娘，又為胡斐所傾心，正在兩情相洽之際而軟語央求，不答允她是很難的。英雄好漢總是吃軟不吃硬，鳳天南贈送金銀華屋，胡斐自不重視，但這般誠心誠意的服輸求情，要再不饒他就更難了。江湖上最講究面子和義氣，周鐵鷦等人這樣給足了胡斐的面子，低聲下氣的求他揭開了對鳳天南的過節，胡斐仍是不允。不給人面子恐怕是英雄好漢最難做到的事。

金庸要寫出胡斐與其他大俠不同的出眾性格。金庸自謙：「目的是寫這樣一個性格，不過沒能寫得有深度。」我們讀了《飛狐外傳》，感到胡斐軟硬不吃，任何人的面子都不給，鐵心維護正義的性格栩栩如生地躍然紙上，是寫得非常有深度的。

胡斐第一次相救苗人鳳，是因爲他被毒瞎雙眼後，對不速之客的胡斐極端信任，覺得苗大俠豪氣干雲，是一位胸襟寬博的大英雄，胡斐立時甘願爲他赴湯蹈火；第二次相救是因爲賽總管等用卑鄙伎倆伏擊苗人鳳，胡斐心想：「苗人鳳雖是我殺父仇人，但他乃當世大俠，豈能命喪鼠輩之手？」胡斐打抱不平時的寬廣胸懷，與眾不同，令人欽敬。

至於前已言及胡斐不吃硬、又不吃軟的性格，則反映了胡斐生性倔強、寧死不屈的堅韌品性。

生性倔強，寧死不屈的堅韌品性

胡斐從小受到艱苦生活環境的磨練，更兼有父母堅強品格的遺傳，他生性倔強，遇到挫折百折不撓，寧死不屈，具有可貴的堅韌品性。他那年與平阿四路過商家堡，看到商老太母子將他父親胡一刀的姓名寫在人形木牌上，作為練習飛鏢的靶子，就偷偷地將「胡一刀」三字改成「商劍鳴」三字。商老太追查此事時，並未懷疑到他，而是追問馬行空父女師徒。胡斐有好漢一人做事一人當的氣概，自己出頭承認，被商老太抓住，吊在練武廳用皮鞭拷打。眾人不知胡斐的姓名和眞實身分，商寶震夾頭夾腦先鞭打了他一頓，胡斐既不呻吟，更不討饒。商寶震連問：「是誰派你來做奸細的？」問一句，抽一鞭，足足抽了三百餘鞭，終究問不到主使之人，眼見要活活打死了，這才拋下鞭子，罵道：「小賊，是奸賊胡一刀派你來的是不是？」胡斐被打得混身是血，成了一個血人，聽商寶震這樣一問，知道他們竟不知父親胡一刀已於十幾年前去世了，苦苦的在木靶上寫上名字，每天射鏢，他禁不住哈哈大笑。在旁眾人不知胡斐的心思，見他突然張嘴哈哈大笑；這樣一個血人兒，居然尚有心情發笑，而且笑得甚是歡暢盡意，並無造作，大出意料之外。

胡斐的性命危在旦夕，已被打得離死不遠，但是想到已故的父親仍讓敵人十分警惕害怕，不禁為父親感到萬分自豪，因而哈哈暢笑，將自己的生死、傷痛和被當眾擒獲折磨的屈辱盡皆置之度外。這一笑，笑出了他頑強不屈的剛韌品性，笑出了少年英雄的非凡氣勢。

胡斐第二次差點致死是石萬嗔夥同慕容景岳、薛鵲埋伏在馬春花停屍之屋，搏鬥中他中了石萬嗔的三大劇毒，倒在地下，動彈不得。他只覺全身漸漸僵硬，手指和腳趾寒冷徹骨，卻仍能冷靜地對程靈素說道：「二妹，生死有命，你也不必難過。只可惜你一個人孤苦伶仃，做大哥的再也不能照料你了。那金面佛苗人鳳雖是我的殺父之仇，但他慷慨豪邁，實是個鐵錚錚的好漢子。我……我死之後，你去投奔他吧……」胡斐臨死之時，頭腦清醒冷靜，處事穩妥恰當。他雖因死亡在即而心中涼了半截，但並不悲切淒傷，更未曾驚慌失措，充分顯示倔強不屈的堅強品格和沉著堅毅的精神。

胡斐剛被程靈素救活不久，他又遇到第三次即將喪命的絕境。

在滄州胡一刀墳前，田歸農率二十六眾包圍胡斐和圓性。胡斐傷斃對方九人，田歸農依仗寶刀，削斷胡斐手中之刀。田歸農令眾人一擁而上，一起下手，要將徒手的胡斐亂刀分屍，斬成肉醬。胡斐抬頭望了一眼頭頂的星星，心想再來一場激戰，自己殺得三、四名敵人，便要與星星、月亮永訣了。胡斐決心與敵拚命而死。

南蘭越眾向前，要告訴他關於胡一刀之事，胡斐回答：「我不能心中存著一個疑團而死。你說吧！」胡斐臨死冷靜鎮定，做事決斷，再次顯示寧死不屈、堅強沉著的倔硬性格。

南蘭講的話，胡斐一時聽不懂隱藏的用意，他明白南蘭並不是故意作弄自己，就照她提示的方向，索性為程靈素掘墳，終於摸到了埋藏於墳中的寶刀，與田歸農再鬥，反敗為勝。這次他又賴寧死不屈的頑強性格，在危急中尋到轉機，化險為夷戰勝頑敵贏得新生。

忠厚仁義，善良博愛的慈悲心腸

胡斐為人善良慈悲。他好不容易鑽出鐵廳的狗洞，與商老太決戰時，靠「陰陽訣」建功，正要一刀直劈下去時，只見她白髮披肩，半邊臉上染滿血污，一個念頭在心中一閃：「這老婆子委實可憐，怎能一刀將她砍死？」疾忙刀身翻轉，想用刀背撞她肩膀，使她無力再鬥，便即趕去開門救人。

可是商老太並不領情，她與胡斐死纏爛打，想要同歸於盡，胡斐被她拖住滾入火堆，差點喪命。這件事給了胡斐一個很大的教訓，對商老太這樣兇惡狠毒、蠻不講理的老人，不能施以惻隱之心。

胡斐好不容易擊退群敵，打開鐵廳大門救出眾人，發現王劍傑未逃出，此時鐵廳已成火窟，危險萬分，連他親哥哥王劍英也不敢入內相救，胡斐與趙半山同時衝入，胡斐又勸趙半山先出去。兩人冒九死一生之險，才救出王劍傑，儘管剛才此人還與胡斐為敵，甚至要殺死胡斐以求商老太放出自己。胡斐以德報怨，冒險救出此人，趙半山非常感動，事後對胡斐說：「我見你俠義仁厚，實是相敬。他日你必名揚天下。」

胡斐在破廟中躲雨，與袁紫衣情話綿綿之後，鳳天南率眾前來避雨，破壞他的良好心情，他正要擒殺鳳天南，又被袁紫衣救出，情緒低落。劉鶴真又攜妻逃來避雨避難，胡斐自己心情也不快，但見他們夫妻情重，難分難捨，心中不忍，暗想：「這劉鶴真為人正派，不知是什麼人跟他為難，既叫我撞見了，可不能不理。」馬上滿懷慈悲地同情劉氏夫婦，出力相助。

「群盜」圍攻徐錚、馬春花夫婦，胡斐出力救助。徐錚過去甚至吃過胡斐的醋，胡斐不計前嫌，見他胸口一大攤鮮血，氣息微弱，轉眼便要斷氣，彎下腰去：「徐大哥，你有什麼未了之事，兄弟給你辦去。」又講：「我去找到你的兩個孩子，撫養他們成人。」他和徐錚全無交情，只是眼見他落得這般下場，基於義憤，亦是滿懷同情，忍不住要挺身而出，甚至代他尋找、撫育孩子。

他在福康安府中也因顧及如不收一件禮物，送禮武官要受重責，因此一念之仁，才被雙手銬住。最後在寶庫洞口，他欲用巨岩堵住通道之前，還等了一會，「哪一個貪念稍輕，自行出來，就饒了他的性命。」胡斐處處慈悲爲懷，給人以寬恕和方便。在鐵廳火窟之中，胡斐甚至捨生求死，要讓商老太打死自己以換取被困眾人的生命。

胡斐的性格善良，更體現在爲別人著想，克己爲人。馬春花臨終前，不念福康安的舊惡而舊情未斷要見福康安最後一面，胡斐竟求陳家洛冒充福康安，以遂馬春花的臨終之願，讓她安心死去。對他衷心所愛的袁紫衣，則更是如此。他起先懇求圓性還俗與自己繼續相戀，最後在被敵包圍，必死無疑之際，苗夫人建議他先埋葬程靈素骨灰之後再受死。此時，

圓性見胡斐挖坑埋葬程靈素的骨灰，心想自己與他立時也便身歸黃土，當下悄悄跪倒，合十為禮，口中輕輕誦經。

胡斐左肩的傷痛越來越厲害，兩手漸漸挖深，一轉頭，瞥見圓性合十下跪，神態莊嚴肅穆，忽感喜慰：「她潛心皈佛，我何勉強要她還俗？幸虧

她沒答應，否則她臨死之時，心中不得平安。」

他自己也面臨死亡，卻不爲自己悲傷而先想到讓圓性心境平安而死「忽感喜慰」。這是一種高尚的境界。

胡斐二度上玉筆山莊時，怕被來人發覺，躲到被窩之中，沒想到苗姑娘被寶樹點了穴道，又被田青文剝光衣服塞在這個被窩中。他馬上想到如被人發現，「苗姑娘一生清名，可給我毀了。只得待這幾人走開，再行離床致歉。」他怕褻瀆苗姑娘，將原本挨近的身子向床外挪移，盡量保持距離。後來群鬥時，胡斐見幾個存心不正之徒斜睨直望苗姑娘暴露的肢體，於是將被子裹在她身上，不避嫌疑，抱她而走，都是出於善良的品德、愛惜和保護少女的名聲和安全的俠義行爲。

當然，他八次打抱不平也都是出於善良性格的無形支配。此外，他擊敗秦耐之時，裝得步履踉蹌，裝得打成平手，給他留下令名；袁紫衣打敗周鐵鷦，胡斐還給他鷹雁牌，保住他的面子；救馬春花時，雖知福康安母親心腸狠毒，念她是個年老婦人，未傷她性命；看到石萬嗔想毒人反而害己，胡斐不忍目睹，先行離開。都見他心腸的仁慈。

聰明穎悟，認眞刻苦的武學天才

胡斐靠平阿四的撫養，在貧困的環境中長大。他只能用自學的方式來練習武功，教材便是平阿四從閻基手中搶回的拳經刀譜。

這本拳經刀譜是一代大俠胡一刀珍藏的，凝結著胡家祖先創建胡家刀法的智慧與心血。可惜平阿四從被他擊昏的閻基緊捏的手中奪回武經時，最前面兩頁卻留在閻基手中，他慌忙抱著胡斐逃命，未能一起取回。缺了這前面的兩頁，胡斐總瞧不懂全書的精義，總認爲功夫練得不對。

十三、四歲時，平阿四帶胡斐初闖江湖，在商家堡避雨時，巧遇閻基爲劫奪鏢銀而與馬行空搏鬥。平阿四趕緊叮囑胡斐：「你總說功夫練得不對，你仔細瞧著他，也許就對了。」「那缺了的兩頁武經，就在這閻基身上。」

胡斐看閻基拳打腳踢，姿式極其難看，但隱隱似有所悟。

平阿四乘苗人鳳在旁，他借苗大俠之威，當場向閻基討回他手中的這前兩頁武經，於是這本共有三百多頁的拳經刀譜，終成全璧。

在商家堡當小廝的七、八個月裡，他白天在練武廳裡掃地抹槍，半夜裡，就悄悄溜出莊去，在荒野裡練拳練刀。他用一柄木頭削成的刀來練習，每砍一刀，就像砍掉殺父仇人的腦袋一樣用力和認眞。

想到長大以後要爲父報仇，胡斐練得更加熱切，想得更加深刻。因爲他已經懂得：最上乘的武功，是用腦子來練，而不是用身子練的。他已懂得練武中悟性的重要作用。

此時他年紀還小，功力很淺，面對他父親遺留給他記載著武林絕學的這本拳經刀譜，許多精微之處還難以了解。儘管他已能輕鬆戰勝商老太、商寶震母子，和商劍鳴的師弟王劍傑惡戰多時，馬行空見胡、王之戰，感嘆：「如這等高手比武，一生中能有幾次見得？」尊這個黃瘦小孩爲「高手」，更感慨：「只是商家堡中臥虎藏龍並非別人，卻是這個黃瘦小孩，枉自我一生闖蕩江湖，到老來竟走了眼了。」接著胡斐又與高手王劍英角鬥對陣多時，胡斐學成武藝後，初闖江湖，首次是與商寶震對敵，其後對戰商老太和王劍傑，此時與王劍英對掌，已是第四個對手。越戰得久，他心思越開朗，怯意既去，盡力弄巧補功力不足。胡斐第一日上陣，連戰四敵，馬上能在實戰中弄智補巧。

胡斐從小練武全靠自學，無人指點，能練到人稱「高手」的水準，極為不易，其刻苦與聰明由此可見。但他因機緣湊巧，竟得到兩位一代大俠的悉心指點，終於進入了武學的極境。

第一位是趙半山，他見胡斐用巧計攔住陳禹，替他解決一個難題，心中對胡斐大是感激，於是他假裝指導陳禹武藝，指導胡斐武學原理。他先背一遍「亂環訣」，指出「以四兩微力，撥動敵方千金要善於借力打力；實戰時懂得三種勁力即輕、重、空的千變萬化，運用「用重不如用輕，用輕不如用空」的用力原則；領會萬物皆有陰陽，以正面衝敵之隅角，倘若以正對正，便是以硬力拚硬力，年幼力弱，必然吃虧。

胡斐一直在認真傾聽他細析拳理，聽到此處，心中一凜，已完全明白：趙三爺這席話中的這句話是說給我聽的，是說我剛才與王劍英以力拚力的錯處。

趙半山又解析實戰中「守中有攻，攻中有守」的原則，若是攻守有別，那便不是上乘的武功。

這番話直將胡斐聽得猶似大夢初醒，心中自悟：「若是我早知此理，適才與王氏兄弟比武，未必就輸。」心中對趙半山欽佩到了極點。

接著趙半山出手比劃，許多拳法都是胡斐剛才與王劍英對拳時用過的。他詳加解釋，胡斐更明白：「原來趙三爺費了這麼大的力氣，卻是在指點我的武功。」

胡斐能聽到這樣一位武學名家講述拳理精義，是一生中可遇而不可求的良機。這對在場眾人也如此，但他們聽了也無用：有的年紀已大，有的資性不足，他們都無法練到高深境界了。但王氏兄弟、商老太、馬行空等人，聽了趙半山透徹細緻切實的講解，許多自幼積在心中的疑難，師父解說不出，自己苦思不明，只憑趙半山的三言兩語的明快點撥，登時豁然而通。

對於胡斐來說，趙半山講清了武學的基本原理，又一一切中胡斐實戰中暴露的弊端，傾囊相授，指導具體。

胡斐聰明過人，深切體會趙半山講解中的至理。成爲一代武學高手的道路已展現在他的面前。

趙半山一生之中，從未見過胡斐這等美質，對他愛惜之極，授予上乘武功之後又怕他日後爲聰明所誤，走入歧途，因此藉批評陳禹來諄諄教導胡斐：「一個人所以學武，若不能衛國禦侮，也當行俠仗義，濟危扶困。若是以武濟惡，那是遠不如做個尋常農夫，種田過活了。」

胡斐立即聽懂他的言中之意，也藉批評陳禹的惡行，自表忠於正義的心意。

陳禹乘趙、胡對話之間，偷襲趙半山，兩人動手過招，胡斐在旁講出陳禹的破綻，預示趙半山應出之招。胡斐連叫數下，每一招都說得頭頭是道。趙半山邊反擊陳禹邊忍不住稱讚：「小兄弟，你說的大有道理。」胡斐又給趙半山出難題，請他施展絕技和表現臨場應變，自己乘機多學實戰佳例和經驗。趙半山最後一回合，用出乎意料之外的奇怪手段制服陳禹，他故行險著，要將平生所悟到最精奧微妙的拳理，指導胡斐知曉，指導他臨敵時不拘一格，出奇制勝。在場者尚未領會，還大呼「啊喲！」以為趙半山處不利之境，胡斐已笑著叫道：「妙極，妙極！」對於胡斐出類拔萃的悟性，連趙半山也不得不佩服，心中一陣喜歡：「這孩子領悟了我指點的拳理精義，立即能夠變通，當眞難得。」

第二位是苗人鳳。胡斐十八歲時，再現江湖，正巧遇見苗人鳳被田歸農派人毒瞎雙眼，又率多人圍攻，胡斐打敗田歸農，救出苗人鳳，又歷盡艱辛請來程靈素為他治療眼睛。苗人鳳非常感激，他耳聞胡斐用胡家刀法打敗田歸農，但已聽出胡斐在用刀時的不足之處，所以給予具體指導。他先將胡家刀法施展一遍，讓胡斐觀察正確的用法：

只見他步法凝穩，刀鋒回轉，或閒雅舒徐，或剛猛迅捷，一招一式，俱是勢挾勁風。胡斐凝神觀看，見他所施招數，果與刀譜上所記一般無異，只是刀勢較為收斂，而比自己所使，也緩慢得多。胡斐只道他是為了讓自己看得清楚，故意放慢。

苗人鳳又指出：「當年胡大俠以這路刀法，和我整整鬥了五天，始終不分上下。他使刀之時，可比你緩慢得多，收斂得多。」

苗人鳳又歸納其原理：「與其以主欺客，不如以客犯主。嫩勝於老，遲勝於急。」「嫩」指以刀尖開砸敵器，「老」指以近柄處刀刃開砸敵器。

苗人鳳語重心長地教誨胡斐：「你慢慢悟到此理，他日必可稱雄武林，縱橫江湖。」

接著在吃飯時，苗人鳳用筷子與胡斐「比武」，兩人進退激擊，拆又數招。胡斐突然領悟，原來苗人鳳所施招數，全是用「後發制人」之術，要將雙方兵器（筷子）相交，他才隨機應變，給予反擊，這正是「以客犯主」、「遲勝於急」原理的具體運用。

胡斐一明此理，就不再伸筷搶菜，而是將筷子高舉手上，遲遲不落，雙眼凝視著苗人鳳的筷子，自己的筷子一寸一寸的慢慢移落，終於碰到白菜，手法快捷無倫，一夾縮回，送到嘴裡。胡斐自這口白菜一吃，才眞正踏入了第一流高手的境界，他在江湖上已所向無敵。

無論在比武還是在人生道路上遇到強敵，應付的方法只有兩種：一種是「先下手為強，後下手遭殃」，另一種是「後發制人」。在雙方力量相當之時，前者比較管用；作為強者來說，後者更妙，境界更高。胡斐是刻苦鑽研、悟性極強的武學天才，當然應以後發制人來克敵制勝。

胡斐於二十歲以後頗讀詩書，文化素質很好，達到文武雙全的高妙境界。

文武雙全，腹有詩書的高雅之士

胡斐少年時多歷苦難，專心練武，二十餘歲後頗曾讀書。他在玉筆山莊受到苗若蘭的善意接待，苗若蘭敬酒之後，又奏琴助興：

苗若蘭道：「山上無下酒之物，殊為慢客。小妹量窄，又不能敬陪君子。古人以《漢書》下酒，小妹有漢琴一張，欲撫一曲，以助酒興，但死有污清聽。」胡斐喜道：「願聞雅奏。」琴兒不等小姐再說，早進內室抱了一張古琴出來，放在桌上，又換了一爐香點起。

苗若蘭輕抒素腕，「仙翁、仙翁」的調了幾聲，彈將起來，隨即撫琴低唱：「來日大難，口燥舌乾。今日相樂，皆當喜歡。經歷名山，芝草飜飜。仙人王喬，奉藥一丸。」唱到這裡，琴聲未歇，歌辭已終。

胡斐……聽得懂她唱的是一曲「善哉行」，那是古時宴會中主客贈答的歌辭，自漢魏以來，少有人奏，不意今日上山報仇，卻遇上這件饒有古風之事。他唱的八句歌中，前四句勸客盡歡飲酒，後四句頌客長壽。……

他輕輕拍擊桌子，吟道：「自惜袖短，內手知寒。慚無靈輒，以報趙宣。」意思說主人殷勤相待，自慚沒什麼好東西相報。

苗若蘭聽他，也以「善哉行」中的歌辭相答，心下甚喜，暗道：「此人文武雙全，我爹爹知道胡伯伯有此後人，必定歡喜。」當下唱道：「月沒參橫，北斗闌干。親交在門，飢不及餐。」意思說時候雖晚，但客人光臨，高興得飯也來不及吃。

胡斐接著吟道：「歡日尚少，戚日苦多，以何忘憂？彈箏酒歌。淮南八公，要道不煩，參駕六龍，遊戲雲端。」最後四句是祝頌主人成仙長壽，與主人首先所唱之辭相應答。

胡斐唱罷，舉杯飲盡，拱手而立，苗若蘭劃弦而止，站了起來。兩人相對行禮。

這個場景很有詩意，腹有詩書氣自華，是眞名士自風流。胡斐和苗若蘭精通琴曲，故而充滿情趣。曲辭應對，勝過語言交談，藉由音樂的翅膀，兩人心靈迅速地交流、相通。

精通古典琴曲自然要有古典詩書的基礎，小說介紹胡斐頗曾讀書，即包括這個基礎。古人又強調琴棋書畫的修養，也即藝術的修養。藝術修養能提高人的情操，充實人的心靈，增強認識人生、宇宙的能力，增強人的思維能力，具有高雅的氣質。

無論從事理工、醫學、經濟、法律或軍事，一個完善的人都應有豐厚的文學藝術修養。有不少青年會唱卡拉ＯＫ，會跳迪斯可、交誼舞，這些都是通俗藝術，或稱爲流行藝術、大眾藝術或波普文藝，這卻算不上有文學藝術修養。所謂有修養、有氣質、尤其是有很高的思維水準和判斷能力，都必須具有古典名著，包括文史、詩詞的閱讀背誦基礎，最好有一定的哲學基礎、藝術修養。西方人也持這種觀點。例如一位美國人特雷斯在〈你能否成爲一名投資專家〉的文章中也說：

如何獲得對事情廣泛的判斷力，我認為熱愛羅馬和希臘的古典著作是智慧的源泉。一九九〇年英國對商界新成員的一項調查表明，學習古典著作有助於增加人們嚴謹的思維，提高交流水準、分析技能和處理複雜信息的能力，而更重要的是開闊視野，而這是在其他學科無法學到的。

古希臘和羅馬的哲學、文學、藝術著作，是西方各國共同的文化源頭，是西方各國共同的古典即古代經典著作。西方有識之士認爲一位投資專家也應具有希臘、羅馬古典著作的熱愛，可見從事一切專業的人士，都應如此。

作爲一位華人青少年，我們應該努力學習和背誦唐宋古文、詩詞，然後擴大到《道德經》、《論語》、《孟子》、《莊子》、《詩經》、《楚辭》、《左傳》和《史記》等古典名著，以及元明清戲曲、詩文名著，認眞閱讀古典小說如《紅樓夢》、《水滸傳》、《三國演義》、《西遊記》及《聊齋誌異》等，讀點佛經和歷史著作；西方的古希臘哲學和悲喜劇作品，文藝復興至現當代以後的西方哲學、文學名著，印度和日本的文學名著等。如果在青少年時代，即中學、大學階段打下這樣的根柢，不僅一生受用無窮，具有很高的精神境界、人生趣味、審美能力，而且對提高思維、判斷、分析和交流能力，以及處理自己從事的專業和社會、生活中的複雜情勢與信息能力，都有極大的好處。同時，在青少年時代已養成閱讀高雅書籍的習慣，有此習慣，永遠不會感到孤獨和寂寞，一生感到豐富和充實。至於胡斐能背誦古曲中的歌辭，則其閱讀和背誦範圍更已超出詩詞古文的領域，進入更爲高深的審美層次。正因如此，胡斐才能在充滿血腥殺戮的江湖世界保持高雅、純潔和寧靜的心境，從而才能使自己的武功修煉到爐火純青、出神入化的頂峰階段。從事其他專業工作的人士，也應如此。

胡斐的人生哲學

感情篇

家仇國恨：明、清、大順和吳三桂的三國四方之戰局

《雪山飛狐》追述胡斐出生即孤苦的原因，遠肇於明、清、大順和吳三桂的三國四方之戰局。

明太祖朱元璋滅元建國時，東北地區也歸入明朝的版圖。東北的女眞族，在明朝初、中期分散爲多個部落，愛新覺羅．努爾哈赤（一五五九至一六二六，後被追尊爲清太祖）先世受明冊封，爲建州左衛（在今遼寧新賓）都指揮使。明萬曆十一至十六年（一五八三至一五八八年），努爾哈赤統一了建州各部，受明朝之封，爲建州衛都督鑒事、龍虎將軍；以後又合併海西各部和東海諸部，於萬曆四十四年（一六一六年）建立後金政權，割據遼東。崇禎九年（一六三六年）皇太極改國號爲清。

後金建立的第二年，即萬曆四十五年（一六一七年），努爾哈赤以七大恨告天，發兵攻明，次年攻占撫順等地。四十七年（一六一九）明政府任楊鎬爲遼東

經略，率兵八萬八千餘人，號稱二十四萬，分四路攻清。後金發兵六萬人，在薩爾滸擊破明軍主力杜松部三萬人，然後回兵擊潰馬林、劉綎兩部。薩爾滸之戰，明軍陣亡杜松、劉綎以下將領三百餘人，士兵四萬五千八百餘人。努爾哈赤又大敗明政府新派的統帥袁應泰、王化貞，乘勝於天啓五年（一六二五年）南下遷都瀋陽。天啓年間，閹黨高第任經略，放棄關外各地，只有袁崇煥堅不從命，死守寧遠（今遼寧興城）孤城。天啓六年（一六二六年），努爾哈赤率十餘萬大軍進攻寧遠，被袁崇煥擊敗。努爾哈赤在攻城時身受重傷，退兵後即病死。其第八子皇太極（一五九二至一六四三）繼位（後被追尊爲清太宗），次年再攻寧遠，又被擊敗。

皇太極於崇禎九年（一六三六年）改國號爲清，稱皇帝，進一步統一東北全部，將原屬明朝的東北版圖占爲己有。自他即位次年也即崇禎即位之年起，連年南下攻明。

明思宗朱由儉（一六一一至一六四四）於一六二八年即位，自他即位的崇禎元年起，因陝西發生大飢荒，陝西發生多次農民造反，明軍在陝西、四川、河南一帶連年圍剿農民起義軍，崇禎九年（一六三六年）李自成（一六〇六至一六四五）崛起；清兵南下，突破長城。崇禎自即位起就受東北清軍和西北、西南農民軍的兩面夾擊，左支右絀，明朝至此漸入危局。崇禎皇帝雖勤政發憤，終因昏庸剛愎，用人不當，屢屢失誤，於崇禎十七年（一六四四年）被李自成軍攻破北京而自殺亡國。

李自成軍因明皇朝爲對付滿清南下入侵，軍事力量受到極大的掣肘而得以發展並得勝；滿清則因李自成和張獻忠等與明軍惡戰，而坐享其成。金庸《碧血劍》描寫皇太極眼見崇禎與李自成、張獻忠對壘，明皇朝腹背受敵的局勢，得意地向臣下點明：「總須讓明兵再跟流寇打下去，雙方精疲力盡，兩敗俱傷，大清便可收那漁翁之利，一舉得天下。」可惜皇太極在勝利在望之時，於明亡和清軍入關的前一年亡故，未能看到自己的勝利成果。

吳三桂（一六一二至一六七八），高郵（今屬江蘇）人，遼東（今遼寧遼陽）籍，字長白，武舉出身，以父（吳襄）蔭襲軍官。明亡前，任遼東總兵，封平西伯，駐防山海關。李自成攻下北京後，向他招降，他已接受招降，旋因愛妾陳圓圓被李自成軍劉宗敏奪去，急怒之下投降滿清，讓清兵入關，消滅李自成，報一己之私仇。他自為清兵先驅，追擊敗退的李自成軍，鎮壓陝西、四川的農民軍。

吳三桂後會同多尼等進攻南明的雲南、貴州等地區，擒殺南明永歷帝。此後，由清政府委派，手握重兵，鎮守雲南，形成割據勢力。

以上即胡斐祖先——闖王李自成的衛士「飛天狐狸」生前的中國戰局，飛天狐狸因當時的戰局形勢而被捲入漩渦，身死之後又留下世仇，使胡斐剛出生即蒙上世仇的陰影，孤苦奮鬥。

吳三桂於康熙十二年（一六七三年）舉兵叛亂，自稱周王。康熙派重兵鎮壓，雙方相持五年，十七年（一六七八年）在衡州（今湖南衡陽）稱帝，旋即病死，餘部為清所滅。這段歷史，金庸《鹿鼎記》有所描寫，亦見精采。

李自成和他的成功之路

胡斐的一生命運，皆起因於李自成的兵敗，因兵敗而造成胡苗范田四家祖先的悲劇和結仇，胡斐父母的死亡，胡斐自嬰兒起淪落爲孤兒，開始其坎坷的成功之路。

金庸在《雪山飛狐》中將李自成當作英雄來描寫，在《碧血劍》和《鹿鼎記》中也以此爲基調。看來金庸是崇敬李自成這個歷史人物的，儘管他也客觀、公正地寫出他的弱點與錯誤。

李自成幾經失敗，卻堅韌不屈，堅持起義道路，終於攻進北京，消滅明朝，做成一番驚天動地的事業。可惜馬上失敗，旋即滅亡，當時的朝野民眾還來不及對之思考，李自成建立的大順皇朝便流星般地消失了，他本人的結局則又爲中國歷史增添一個千古之謎。

李自成原名李鴻基，生於明萬曆三十四年（公元一六〇六年）八月二十一日。陝西米脂縣雙泉都二甲人。祖名李海，父名李守忠。父爲農，家貧。幼年曾出家爲僧，俗稱黃來僧。《明史》本傳記載：

李自成，米脂人，世居懷遠堡李繼遷寨。父守忠，無子，禱於華山，

> 夢神告曰：「以破軍星為若子。」已，生自成。幼牧羊於邑大姓艾氏，及長，充銀川驛卒。善騎射，鬥狠無賴，數犯法。知縣晏子賓捕之，將置諸死，脫去為屠。

說他幼年爲本縣大姓艾氏牧羊。父親亡故後，無所依靠，二十一歲時當了本縣銀川驛站的馬夫。

天啓末年（一六二七年），魏忠賢的黨羽喬應甲爲陝西巡撫，朱童蒙爲延綏巡撫，皆貪婪昏庸，陝北一帶土地貧瘠，本屬貧困地區，加上貪官，民不聊生，有人便鋌而走險，以劫掠爲生。

崇禎元年（一六二八年），陝西發生大飢荒，明末的農民造反、起義在陝西爆發。七月，白水縣王二、府谷縣王嘉胤、宜川之王左掛及飛山虎、大紅狼等，一時併起。稍晚，安塞的高迎祥於十一月也起兵，自稱闖王。他是李自成的舅父。

李自成於崇禎三年（一六三〇年）也拉起一支隊伍起義，不久即投入崇禎元年與王嘉胤一起於府谷起兵的「不沾泥」張存孟的隊伍。崇禎四年，不沾泥被俘犧牲，李自成與其兄子李過等率部與高迎祥等聯合作戰，李自成自稱闖將。

崇禎三年起，陝西的多路起義軍進入山西，並經常流動於陝、晉之間。崇禎四年，洪承疇接任三邊總督，大力剿殺，多支陝西義軍被消滅。於是此年冬天以後，剩下的起義軍活動地區由陝晉兩省轉至山西、豫北、畿南，明廷又自各地抽調左良玉部、湯九州部、鄧圯及馬鳳儀部等多支軍隊，在崇禎五年、六年與農民軍於此激烈搏殺。農民軍處於劣勢，因此於崇禎六年（一六三三年）冬季，趁黃河結冰，在豫北渡河南下，在澠池渡登岸，漸向各省轉移，廣泛地活動在河南、湖廣、南直、四川和陝西等地區。

明朝湖廣、四川的軍隊大力圍攻，崇禎七年義軍又轉戰至陝西南部，在興安的車箱峽中被包圍，差點全軍覆沒，後賴僞降脫險。明廷又調集軍隊匯集陝西，起義軍留下李自成部等少數隊伍，其餘大部分東進湖廣、河南，直至江北（今安徽北部）。崇禎八年，農民軍進入朱元璋的老家鳳陽後，焚毀朱元璋的皇陵。明廷又調大軍圍剿，崇禎九年七月，闖王高迎祥敗退至陝西盩厔縣黑水峪，被陝西巡撫孫傳庭部所俘，送至京城處死。

高迎祥部遭到毀滅性的打擊，餘部逃回陝北，歸入李自成部，共推李自成爲闖王。

崇禎九年六月，清兵南下，突破長城，已近北京。明廷抽調在湖廣一帶主持軍事的盧象昇馳援，不久改任楊嗣昌爲兵部尚書，策畫圍剿。李自成部於崇禎十年（一六三七年）突圍至漢中戰敗，於十月進入四川廣元後，逼近成都。明廷調兵入川，崇禎十一年李自成部自川回陝，兵力從數十萬降爲數萬人，又受孫傳庭部、洪承疇部攻擊，只好西出長城，入西羌界，仍受追擊，再回陝西，部隊被打敗，李自成僅帶三百餘人轉至漢中，仍被追擊，又南入四川，此時收編別部義軍共有三千餘人。在四川無法立足，重返漢中後，繼續東遁，沿途或死或降，在潼關之南中官軍埋伏，妻女俱失，李自成與劉宗敏等僅十八騎逃出。

崇禎十二、十三年，李自成在人煙稀少的川、陝、楚交界處活動。張獻忠等前已降明，崇禎十二年夏，張獻忠又於穀城造反，李自成大喜，再集舊部，陝西總督鄭崇儉發兵圍攻，自成突圍，想依附張獻忠，會師後張獻忠企圖吞沒李自成部，李自成察覺後率部撤離，又被楊嗣昌指揮官軍圍困於巴西、魚復諸山中。李自成見突圍無望，欲自戕，被養子雙喜勸阻。部將出降者甚多。藍田鍛工出身的劉宗敏最驍勇，此時也有投降之意。在李自成的勸說下，終於度過難關，於崇禎十三年率部由湖北進入河南，正值河南大旱，飢民從李自成者數萬，部隊迅速壯大，自南陽出擊，至年底，連下宜陽、永寧、偃師諸地，所向披靡。李自成部開始成爲攻擊明朝的主要力量。

《明史》本傳描寫李自成的相貌性格說：

> 自成為人高顴深頗（深陷的眼睛或凹陷的臉面），鴟（音癡，鷂鷹）目曷（通「蝎」）鼻，聲如豺。性猜忍，日殺人斮（即「斫」，砍）足剖心為戲。所過，民皆保塢堡不下。

約於崇禎十三年（一六四〇年冬）在河南之時，李自成得遇李岩，聽從他的勸說而性情大改：

杞縣舉人李信者，逆案中尚書李精白子也，嘗出粟賑饑民，民德之曰：「李公子活我。」會繩伎紅娘子反，擄信，強委身焉。信逃歸，官以為賊，囚獄中。紅娘子來救，饑民應之，共出信。盧氏舉人牛金星磨勘被斥，私入自成軍為主謀，潛歸，事洩坐斬，已，得末減。二人皆往投自成，自成大喜，改信名曰巖。金星又薦卜者宋獻策，長三尺餘，上讖記云：「十八子，主神器。」自成大悅。巖因說曰：「取天下以人心為本，請勿殺人，收天下心。」自成從之，屠戮為減。又散所掠財物賑饑民，民受餉者，不辨巖、自成也，雜呼曰：「李公子活我。」巖復造謠詞曰：「迎闖王，不納糧。」兒童歌以相煽，從自成者日眾。

又記載李自成的優點：

自成不好酒色，脫粟粗糲，與其下共甘苦。汝才妻妾數十，被服紈綺，帳下女樂數部，厚自奉養，自成嘗嗤鄙之。

應該說《明史．李自成傳》記載李自成的性格及其變化，還是比較眞實客觀的。李自成作爲沒有文化而又性格強悍豪邁的農夫驛卒，缺乏儒家仁義道德的熏陶，所見之貪官狠毒，官兵兇惡，在農民軍中，與官兵互相殺戮，近墨者黑，殺人致殘已爲習慣。通過飽讀儒家詩書，懂得仁義治政的舉人李岩之勸告、教育，聰明過人的李自成立即懂得李岩之言的價值，他從善如流，迅即改正過去的陋習，以仁義待百姓。何況他本具有「不好酒色」，生活節儉，與部下共甘苦的優秀品質。

李岩、牛金星、宋獻策三個知識分子的加入，使李自成和他的農民軍起了質的變化，從綠林草寇式的義軍轉變爲深懂民意、替天行道的王者之師。任何揭竿而起的農民起義軍，只有在高明的知識分子加入並參與領導之後，才能成爲代表民意、替天行道的王者之師，才能成功的改朝換代。李岩等知識分子，因飽讀史書，具有豐富的歷史經驗和政治經驗，他們爲李自成制訂和推行一系列嚴謹周密而卓有成效的措施。

自李岩進入李自成農民軍，李自成及其部下起了根本的變化，當時的史料都記載：

闖賊嗜殺，人心不附，（李）岩教以行仁義，收人心，據河洛，取天下。闖賊從之。……自是以所掠施貧民，造為謠言仁義之聲遠播。（《懷陵流寇始終錄》卷十三）

李岩教以據中原，取天下，宜拊循以收人心，唱為「迎闖王，不納糧」之謠，教兒童傳歌之，相鼓動。（《綏寇記略》卷九）

（李）岩見自成，即勸假行仁義，禁兵淫殺，收人心以圖大事，自成深然之。（《明季北略》卷十三「李岩歸自成」條）

（李岩勸說李自成後）城下，賊秋毫無犯。自成下令曰：「殺一人者，如殺吾父；淫一女者，如淫吾母。」得良有司禮而用之，貪官污吏及豪強富室，籍其家以賞軍。（《石匱書後集》卷六十三）

諸書都稱李自成及其農民軍為「賊」、「寇」，但都承認李自成自接受李岩勸導之後，軍紀嚴明，實已轉變為仁義之師，並從此走上節節勝利的成功之路。

崇禎十四年正月，李自成攻下洛陽，處死福王朱常洵，將福王及富人的金銀、糧食分發給貧民。此時「河南大荒，人相食」，無衣無食的災民追隨農民軍者有百萬之眾。二月，乘勝攻打開封，未成，李自成在城下觀察敵情時被敵方之箭射中左目之下，深達二寸。

七月，原與張獻忠聯合作戰的羅汝才部，因雙方理念不合產生激烈衝突而分手，改與李自成聯合，於是李自成的農民軍力量大增，「有眾數十萬，雄視河洛」。

督師楊嗣昌因圍剿不利，蕃王被殺，在湖北沙市仰藥自盡。此後明廷已派不出能幹的大吏來主持圍剿，崇禎皇帝哀嘆：「自楊嗣昌歿，無復有能督師平賊者。」

崇禎十五年（一六四二年）五月初，李自成和羅汝才連下十多個城府縣城後，第三次圍攻開封，圍至九月十五日，黃河忽然大決堤，洪水將開封淹沒，城中百萬戶居民全為魚蝦，僅周王與王妃、世子和官兵不到二萬人乘機逃脫。李自成軍也有萬餘人被漂沒，大部隊則拔營向西南方向開走。

李自成部在河南左衝右突，連打勝仗。十月，原與張獻忠聯合作戰的革左五營離開安徽北上，於十一月也來歸附李自成。自此，李自成部力量更強，「數逾百萬，勢益燎原」。

雙方聯合後，立即攻下汝寧，於是河南省的黃河以南地區全部控制在義軍之手。十二月，南下攻占襄陽。

崇禎十六年（一六四三年）正月初二，又攻下承天，並連下湖北多個城市。三月，李自成與羅汝才、革左五營的首領賀一龍因產生矛盾而火併，李自成殺死羅、賀。至此，崇禎初年在陝西起兵舉義的十家七十二營諸部農民軍，「降死殆盡，惟自成、獻忠存，而自成獨劲」。李自成改襄陽為襄京，自稱新順王。六月，張獻忠在武昌建立「大西」政權，自稱大西王。

八月，李自成與新任兵部尚書孫傳庭於河南會戰，九月在郟縣大敗官軍，十月攻克潼關，孫傳庭陷陣而死。接著又攻占西安，至崇禎十六年（一六四三年）

十二月占領甘肅，不久又攻下西寧，西北全境盡入手中。

崇禎十七年（一六四四年）正月，李自成在西安宣布建立大順國，自己稱王，改西安爲西京，改元永昌。二月，李自成親率大軍東渡黃河，攻下太原，三月十五日到達居庸關，十六日占領昌平，十七日已兵臨北京城下。

三月十八日下午，李自成的農民軍已攻破北京城。崇禎皇帝先逼皇后周氏自殺，又派人護送太子朱慈烺（十六歲）和另二個兒子定王朱慈炯（十三歲）、永王朱慈炤（十二歲）逃出皇宮；又砍殺六歲的女兒昭仁公主，砍傷十五歲的女兒長平公主。自己帶太監想乘黑夜突圍出城未成，回到皇宮，自縊於萬歲山（俗稱煤山，今爲景山公園），時年才三十四歲。

李自成起義成功，推翻明朝黑暗專制的統治，有多方面的原因。

李自成本人的志氣遠大，性格堅韌、才華卓特，有號召力，當然是主要原因。

他得到李岩、牛金星等知識分子的有力幫助，也是主要原因之一。

其他農民軍，尤其是張獻忠與明朝官軍進行長年、激烈的無數次戰鬥，牽制了明軍的力量，使之無法全力對付李自成。

尤其是東北的滿清（當時稱建州軍）軍勢強盛並全力南侵，明軍大批主力和多位名將為抵抗清兵南下，全力應付，牽制了明朝政府大部分的軍事力量，也消耗了大量財力，崇禎皇帝根本無法全力圍剿李自成軍。

崇禎往常剛愎無能，任用的將帥也多不得力，至雙方決戰後期，明軍屢戰屢敗。

晚明數十年間，尤其是崇禎當政的十六、七年中，連年大災，國力空虛，災民在死亡線上掙扎。大批災民追隨李自成，使李自成的兵源無比雄厚。

晚明皇朝極端腐敗，官兵也兇惡腐敗，極不得民心。

這些都是李自成成功的原因。

總之，李自成的成功並不完全靠自己的力量。如果沒有連年天災損耗明皇朝的國力，沒有滿清軍隊的連年進攻極大地牽制明皇朝的財力和兵力，如果崇禎沒有一連串的失誤，單憑李自成及其謀士、將領的智力、武力，是無法戰勝明皇朝的。當時的傑出文武人才，無疑都在明皇朝一邊。

明朝的黑暗專制統治，極爲殘暴，它的敗亡完全是活該。

李自成在北京與由腐敗致兵敗

崇禎十七年（一六四四年）三月十九日，李自成騎馬進京。據錢䎘《甲申傳信錄》卷一載：李自成率大順軍千騎從正陽門入，京師居民各設大順永昌香案以迎。入城後，李自成拔箭去鏃，向後軍連發三矢，約曰：「軍兵入城，有敢傷一人者斬，以爲令。」《明史・李自成傳》描寫說：

自成氈笠縹（音飄，淡青色）衣，乘馬駁馬，入承天門。偽丞相牛金星，尚書宋企郊、喻上猷，侍郎黎志陞、張嶙然等騎而從。登皇極殿，據御座，下令大索帝后，期百官三日朝見。文臣自范景文、勳戚自劉文炳以下，殉節者四十餘人。宮女魏氏投河，從者二百餘人。象房象皆哀吼流淚。太子投周奎家，不得入，二王亦不能匿，先後擁至，皆不屈，自成羈之宮中。長公主絕而復甦，舁（音于，抬）至，令賊劉宗敏療治。

已，乃知帝后崩，自成命以宮扉載出，盛柳棺，置東華門外，百姓過者皆掩泣。越三日己酉（二十一日），昧爽（黎明），成國公朱純臣、大學士魏藻德率文武百官入賀，皆素服坐殿前。自成不出，群賊爭戲侮，為椎（用椎打）背、脫帽，或舉足加頸，相笑樂，百官懾伏不敢動。太監王德化叱諸臣曰：「國王君喪，若曹不思殯先帝，乃在此耶！」因哭，內侍數十人皆哭，藻德等亦哭。顧君恩以告自成，改殮帝后，用袞（音滾）冕（袞衣和冕，是古代皇帝的禮服。）褘翟（音灰敵，古代王后的祭服。翟，長尾的野雞。此指古代貴族婦女畫翟羽為裝飾的衣服。）加葦廠（用蘆葦搭的棚舍）云。大學士陳演勸進，不許。封太子為宋王。放刑部、錦衣衛繫囚。

以上記敘李自成進皇宮以後的情況。文武官按時入賀，說明都有歸順之心，而李自成竟不出來接見，部下則戲侮群臣，痞氣十足。

李自成的農民軍剛進城時，紀律尚好。揭榜告眾：「大師臨城，秋毫無犯，敢擾民財者，即磔之。」有兩個士兵「搶前門鋪中紬緞，即磔殺之，以手足釘於前門左柵欄上」（趙士錦《甲申紀事》）。北京市民驚魂始定，城內秩序安定。但仍有不少士兵姦淫搶劫，被梟首者不少，至晚上，「掠金銀、淫婦女」者更多。過幾天，軍紀敗壞現象不斷蔓延，「漸至淫掠箠斫，人情大憂」（《懷陵流寇始終錄》卷十八）。四月下旬，山海關兵敗回城後，軍紀更是大壞，「較前絕無紀律」（《甲申核眞略》）。此時雖也有人注意及此，但主將劉宗敏卻認爲「此時但畏軍變，不畏民變」，「且軍興日費萬金，若不強取，安從給辦」，竟不加約束，如此則與盜賊無異，引起北京市民的極大敵意。故而農民軍最後撤離北京時，數千未及撤離者被「都人」全部「搜斬」。

四十餘萬軍隊，占領北京四十一天，軍心渙散，迅即腐敗。士兵搶劫姦淫，擾害百姓，弄得全城雞犬不寧，上層將士則以「追餉」爲名，勒索降官。大將劉宗敏、李過不管軍事，置北方滿清強敵於不顧，竟專門負責拷掠行刑，勒逼錢財。劉宗敏共造夾棍五千副，遍設刑場。先將陳演、魏藻德等降官三品以上八百餘名，全加拷掠追逼，後來不僅凡官必追，還擴大到商人、市民，用盡酷刑。單是徽商被拷掠者即有千人之眾。

李自成本人與劉宗敏、李過各分宮嬪三十人歸己淫樂；牛金星、宋獻策也各分數女。李自成與牛、宋、劉、李諸人「酣飲宮中不出」（《平寇志》卷九）。最高領導者便這樣剛獲勝利就迅即腐敗，與明代統治者沒有什麼兩樣。

他們在皇宮中，已醜態百出：「宮人費氏，年十六，投井，賊鉤出之，悅其姿容，爭相奪。」回到自己「府第」，更凶相畢露：「劉宗敏、李過、田見秀等歸所據第，呼蓮子胡同優伶、孌僮各數十，分佐酒，高踞几上，環而歌舞，喜則勞以大錢，怒即殺之。諸伶含淚而歌。或犯『闖』字，手斬其頭，血流筵上。」完全是一副暴發戶兼土匪的嘴臉。

如此的主帥和主將，上樑不正下樑必歪，士兵的軍紀當然全部崩潰，上下一起腐敗。腐敗的標誌總離不開「財色」二字，搶、姦女人，中飽私囊。金庸在《碧血劍》第十九回後面也附了一些歷史資料。

如此的軍隊，當然馬上喪失戰鬥力，而首先失去的是鬥志。一個月不到，四月十二日傳來吳三桂在山海關起兵的消息，李自成手下諸將「無一人欲戰者」，至黃昏，李自成召劉宗敏、李過兩人率眾禦敵，他們竟互相推諉，李自成「無可如何，遂決計自出」(《燕都日記》)。將領如此，士兵更無鬥志。

時年才三十三歲的年輕將領吳三桂原駐軍山海關外，李自成軍攻入北京前崇禎皇帝飛檄征招，吳三桂奉召急從寧遠撤走南下。多爾袞率清兵乘機占領寧遠，並迅即南下至山海關一帶。吳三桂於三月十六日進山海關，二十日到達豐潤，知李自成已攻下北京，又回軍山海關。李自成逼令在北京的吳三桂父親吳襄寫信勸降，令明朝的降將唐通持吳襄的勸降信及四萬兩犒師銀子去見吳三桂。吳三桂接招願降，引兵而西，由李自成另遣別將率二萬人守山海關。吳三桂率軍行至灤州，聞說其愛妾陳沅（圓圓）被劉宗敏掠去，怒不可遏，又率軍東還，擊破李自成所遣守關部隊，重新盤據山海關。

吳三桂的兵力約五萬人，他自知無法對抗李自成，決計投降滿清。滿清攝政王多爾袞正調兵十餘萬急欲進關爭奪天下，吳三桂求降，多爾袞馬上答應其要求，飛速向山海關進軍。

李自成於四月十三日率軍士十萬離京出征，此前先將明朝大學士陳演等降官六十餘人在西華門外處斬，以免後患。出征時帶著著吳襄和崇禎帝的三個兒子一起北上，於二十一日到達山海關外，與吳三桂軍激戰。吳三桂與多爾袞共同商議策劃後，於四月二十二日先由吳三桂軍與李自成部在山海關內激戰，雙方力竭之時，埋伏在旁以逸待勞的清軍，於一片石叢右方突然向李自成部隊的中堅衝擊。李自成方挾前明太子登高崗觀戰，見清軍有大股生力軍出現，知道大事不好，急忙撤軍，已損傷慘重。清軍當天追奔四十里。李自成退至永平，怒殺吳襄，於二十六日回到北京，又殺吳襄全家，凡三十四口。吳三桂和清軍窮追不捨，李自成自感難守北京，於二十九日在武英殿匆忙即皇帝位，當夜放火燒了北京的宮殿及九門城樓，率軍離京西撤。離京時依舊帶走崇禎的三個兒子。

五月二日，清兵毫不費力地開進北京，滿清皇朝定鼎中華。

李自成的敗亡之路及其歷史責任

李自成在撤出北京前，宣稱西撤的目標爲陝西：「陝，吾之故鄉也，富貴必歸故鄉，即十燕京未足易一西安！」（談遷《國榷》卷一〇一）離京後，在河北與吳三桂邊戰邊退，六月進入山西。

此時，河南的故明官員和地方土豪乘機集兵，宣布效忠南明，與大順爲敵。李自成聞訊，與眾商議，制將軍李岩請以二萬兵去平定河南。李自成當場應允，過後又疑惑不決。牛金星此時見大順軍屢敗，陰有異志，卻反咬李岩一口，欲藉自成之力，翦除德才兼備又有河南民心爲根基的這位強手，乘機向李自成進讒言。《明史・李自成傳》記敘：

李岩者，故勸自成以不殺收人心者也。及陷京師，保護懿安皇后令自盡。又獨於士大夫無所拷掠，金星等大忌之。定州之敗，河南州縣多反正，自成召諸將議，岩請率兵往。金星陰告自成曰：「岩雄武有大略，非能久下人者。河南，岩故鄉，假以大兵，必不可制。十八子之讖，得非岩乎！」因譖其欲反。自成令金星與岩飲，殺之，賊眾俱解體。

所謂「十八子」，即用拆字法將「李」字分爲三個字，作爲隱語。當年宋獻策投奔李自成時，以「十八子，主神器」此讖語鼓勵和預測，李自成經過努力，能奪得全國的政權（即「主神器」）。現在李自成兵敗如山倒，軍心動亂，已無信心，善解人意且又老奸巨滑的牛金星乘機移花接木，打中李自成的心病和要害，李自成立即應允他的「不如除之，無貽後患」的陰謀。牛金星即以李自成命，邀李岩、李牟兄弟帳飲，席間暗伏壯士，執而殺之。李氏兄弟慘遭殺害，在李自成軍內引起極大的震動。《綏寇紀略》卷九記載：

> 宋獻策聞二李死也，扼腕憤嘆。劉宗敏按劍切齒以罵金星曰：「我見金星，即手劍斬之。」文武不和，軍士解體，自成遂不能復戰，而席捲歸秦矣。

宋獻策隨後不辭而別。李自成農民軍本已軍心動搖，至此則軍心崩潰。

順治二年正月（一六四五年二月），清軍與李自成的大順軍在潼關決戰，清軍攻破潼關，李自成撤出西安，向河南進發，過襄陽，到武昌。此時吳三桂部由陝入川，再遠征雲南，改由清將阿濟格率領所部追擊李自成，三月到襄陽。李自成率主力剛進武昌，清軍即尾追至此。李自成在清軍圍逼下屢戰屢敗，又東避九江，在九江附近又被清軍重創，轉而向西。清軍窮追不捨，李自成於五月上旬自江西剛進入今屬湖北的通山縣九宮山麓（與江西交界處），遭鄉兵襲擊，被殺害，時年四十歲（實足爲三十九歲）。

李自成於崇禎十七年（一六四四年）三月十九日攻進北京，四月二十九日撤離北京，才四十一天，至次年五月上旬身亡，不過一年。

但對於李自成是否在此時死亡，史家爭論激烈。

李自成及其謀士、將領在明政府抵抗滿清的危急年代，天賦異稟，與明軍激戰，在客觀上幫了滿清的大忙。李自成攻占北京後，未能如西漢劉邦攻占秦朝京城咸陽那樣，恪守「約法三章」的安民承諾，軍紀嚴明，頭腦清醒，終於得天下，並取得大治天下的光輝政局。李自成占領北京，取得政權，同時也必須承擔起抵禦滿清入關南下的責任，李自成不負責任，致使滿清大舉入關，全國百姓陷入戰亂之苦，使漢族人民蒙受一場戰爭和屠殺的浩劫，當時之狀眞可稱之爲天崩地裂。天下平定之後，漢族人民受滿清的奴役，處境也非常悲慘。

李自成農民軍的腐敗，帶來自己的失敗，隨之滅亡，此乃咎由自取，完全活該。他們擾民害民，又引來滿清的擾民害民，罪孽深重，負有很大的歷史責任。李自成本人的責任最大，應該受到歷史的永遠譴責。進關前後的滿清當局，也是一群殘民的災星。進關後的四月二十二日，多爾袞直趨北京時與諸將誓約：「此次出師，所以除暴救民，天流寇以安天下也。今入關西征，勿殺無辜，勿掠財物，勿焚廬舍，不如約者罪之。」

信誓旦旦，可惜也很快就食言而肥。清軍於五月初二入京後，十一日，多爾袞命京城之半屯兵驅民出城。以南城爲民居，盡圈東城、西城、北城、中城爲營地。高門大宅和大量殷實居民盡在東、西、中城區，限期極緊，婦孺驚惶，扶老攜幼，無可棲止，慘不可言。

清軍於順治二年四月二十五日攻破揚州，大肆殺戮，姦淫擄掠婦女，而且寸絲粒米搜括殆盡，至五月初二止，全城死亡人數共八十餘萬，另有眾多落井投河自殺、閉門焚縊自殺者。

清軍攻克江陽、嘉定、嘉興時皆屠城，並一路血洗江南、江西等地抗清城鎮。婁東無名氏《研堂見聞雜記》載降將李成棟軍破松江時，燒殺搶掠，屠劫一空。於婁東沙溪、潢涇兩地掠婦女千計，童男女千計，牛千計，殺人以萬計，積屍如陵，所掠財物載舟數千艘，銜尾而去。

清政府軍大局一定，即令全國百姓剃髮，不從被殺者無數。強迫全國人民剃髮、改變服裝，殺人無數。

即使在英明的康熙時代，滿清大軍渡海攻擊台灣前後，也在福建殘害百姓甚烈，史書皆有明載。

康熙、雍正、乾隆三朝，滿清統治者爲了鞏固政權，大興文字獄，殘酷鎮壓知識分子，箝制中國思想文化的發展。至乾隆時，又閉關自守，造成中國的科技落後於西方，鑄下落後挨打的敗局。此已是胡斐生活的時代背景了。

李自成最後結局之謎

關於李自成之死，金庸於《雪山飛狐．後記》中歸納了五種說法：

第一種是《明史》說的，他在九宮山為村民擊斃，當時謠言又說是為神道所殛。第二種是《明紀》說他為村民所困，不能脫，自縊而死。第三種是《明季北略》說他在羅公山軍中病死。第四種是《澧州志》所載，他逃到夾山出家為僧，到七十歲才坐化。第五種是《吳三桂演義》小說的想像，說是為牛金星所毒殺。

而《明史》卷三百九，列傳第一百九十七《流賊》中的《李自成傳》的記載爲：

自成走咸寧、蒲圻，至通城，竄於九宮山。秋九月，自成留李過守寨，自率二十騎略食山中，為村民所困，不能脫，遂縊死。或曰村民方築堡，見賊少，爭前擊之，人馬俱陷泥淖中，自成腦中鉏死。剝其衣，得龍衣金印，眇一目，村民乃大驚，謂為自成也。時我兵遣識自成者驗其屍，朽莫辨。

那麼金庸所說的第二種，亦爲《明史》所記載，而且《明史》還將其列爲第一種說法。

金庸接著又說：

歷史小說有想像的自由，可以不必討論。其他各種說法經後人考證，似乎都有疑點。何騰蛟的奏章中說：「為闖死確有證據，闖級未敢扶同，謹具實回奏事……道阻音絕，無復得其首級報驗。今日逆首已誤死於鄉兵，而鄉兵初不知也……」得不到李自成的首級，總之是含含糊糊。清將阿濟格的奏疏則說：「有降卒言，自成竄入九宮山，為村民所困，自縊死，屍朽莫辨。」屍首腐爛，也無法驗明正身。

金庸認爲除夾山出家爲僧說之外，「其他各種說法經後人考證，似乎都有疑點」。金庸上論所引何騰蛟的奏章，即《烈皇小識》卷八附錄之〈逆闖僾誅疏〉，其中關於闖王之死，敘述說：

> 闖逆居鄂兩日，忽狂風驟起，對面不見，闖心驚疑，懼清之躡（躡）其後也，即拔賊營而上。然其意，尚欲追臣，盤踞湖南耳。天意亡闖，以二十八騎登九宮山，為窺伺計；不意僾兵四起，截殺於亂刃之下。相隨偽參將張雙喜，係闖逆義勇，僅得馳馬先逸，而闖逆之劉伴當飛騎追呼，曰：「李萬歲爺被鄉兵殺死下馬，二十八騎無一存者。」一時賊黨聞之，滿營聚哭。

另有清人費密《荒書》詳敘自成之死，說：

後大清追李自成至湖廣，自成尚有賊兵三萬人，令他賊統之，由興國州游屯至江西。自成親隨十八騎，由通山縣，過九宮山嶺即江西界。山民聞有賊至，群登山擊石，將十八騎打敗。自成獨行至小月山牛脊嶺，會大雨，自成拉馬登臨，山民程九伯者，下與自成手搏，遂輾轉泥滓中。自成坐九伯臀下，抽刀欲殺之。刀血漬又經泥水，不可出。九伯呼救甚急，其甥金姓以鐽殺自成。不知其為闖賊也。武昌已係大清總督，自成之親隨十八騎有至武昌出首者，行查到縣，九伯不敢出認。縣官親入山，諭以所殺者流賊李自成，獎其有功，九伯始往見。總督委九伯以德安府經歷。

與此則內容有關的，《康熙通山縣志》卷五也記載：「程九伯，（通山）六都人。順治二年五月，闖賊萬餘人至縣，……九伯聚眾圍殺賊首於小源口，本省總都軍門佟嘉其勇略，箚委德安府經歷。」

金庸提到的阿濟格，是率領清軍主力追擊李自成的主將，他的奏疏即清順治二年（一六四五年）閏六月初四日向清朝廷寫的報告，文載《清世祖章皇帝實錄》

卷十八。

關於第五種結局，金庸又指出：「但舊小說《吳三桂演義》和《鐵冠圖》敘述李自成故事，和眾所公認的事實距離太遠，以《鐵冠圖》中描寫費宮娥所刺殺的闖軍大將竟是李岩，未免自由得過了分。」舊小說《鐵冠圖》是根據崑劇（即清代傳奇）《鐵冠圖》改編的。崑劇《鐵冠圖》的全劇內容爲：明末，李自成起義軍進軍北京，以女色引誘，破兵部侍郎孫傳庭；又利用內應，敗山西巡撫蔡懋德；於寧武關射殺代州總兵周遇吉。京城文武，畏怯避戰，崇禎只好獨上煤山自盡。農民軍進城後，大將李過娶宮人費貞娥，被刺殺於洞房；軍師牛金星勒逼眾官，載婦女金銀而遁。吳三桂開關迎清，討逐李自成，李自成大敗，裝載金銀財寶，逃往陝西。李自成兵敗，隱匿九龍山，爲村民計賺擊殺。崇禎帝與殉節忠臣皆升仙界。此劇末後，鐵冠道人與明初功臣誠意伯劉基說明畫圖三幅之故，作全劇收束，故而此劇名爲《鐵冠圖》。

崑劇最早演出無名氏《鐵冠圖》，是在清初順治年間的杭州。此劇已大部散佚，僅剩《撞鐘》、《分宮》、《夜樂》等折子。康熙年間成書的無名氏《曲海總目提要》介紹《鐵冠圖》的基本情節，又介紹劇中人物費貞娥的原型說：

又按宮人費氏年甫十六，投於眢（音鴛）井（枯井），賊鈎出之，見其姿容，爭相奪。費氏紿（音怠，欺騙）曰：「我長公主也，若（你們）不得無禮，必告汝主。」群賊擁見自成，自成令內官察之，非是，以賞部校羅賊。羅攜出，費氏復紿曰：「我實天潢（皇室），義難苟合。將軍擇吉成禮，生死惟命。」賊喜，置酒極飲。費氏懷利刃，俟（音司，等待）賊醉，斷其喉，因自刎。自成大驚，令收葬之。

又批評此劇將她「誤爲韓氏，又言其殺李岩。按李岩，杞縣舉人，尙書李精白之子也。爲李自成制將軍，創爲『迎闖王，不納糧』之說，自成所過輒下，岩力居多。在京，居嘉定伯周奎第（府第）中，於士大夫獨無所考掠。河南全境皆不服自成，岩請將兵收之。牛金星譖於自成，金星邀飲，殺之座，自成軍士解體，於費氏無涉」。可見李岩與費貞娥在明末雖死，在清初皆是著名人物。此劇演的是韓氏刺殺李岩的故事。

稍後，曹寅又作《表忠記》，又名《虎口餘生》，全本五十齣，有〈對刀步戰〉、〈別母亂箭〉、〈守門殺監〉、〈宮娥刺虎〉等，在康熙、乾隆年間盛演於楊州、儀征一帶。《虎口餘生》原署名遺民外史著，據清代著名文人劉廷璣《在圓雜志》卷三記載，此戲是曹寅據明末米脂縣令邊大綬《虎口餘生》筆記編寫。此戲也可能參考了《鐵冠圖》，修訂增刪而成。

曹寅（一六五八至一七一二），字子清，號楝亭、荔軒，清軍正白旗人，一說漢軍鑲藍旗人，是《紅樓夢》作者曹雪芹的祖父。世居瀋陽，康熙時，任通政使、江寧織造、巡視兩淮鹽漕監察御史。清初著名文學家、戲曲作家。著有《楝亭詩鈔》、《詞鈔》等。校刻古籍甚精，著名的有《楝亭藏書十二種》。為官後長居南京（金陵），與江南著名詩人、作家洪昇（《長生殿》作者）等友善。

曹寅之後，乾隆年間又有《虎口餘生》傳奇，共四十四齣，是曹寅《虎口餘生》的改編縮節本。

清末舞台上演的《鐵冠圖》，全本十八齣（武班多了三齣），以曹寅原本為主形成，又名《明末遺恨》。其中〈刺虎〉一齣非常著名，演宮女費貞娥假冒公主，與李自成結義兄弟一隻虎李過成親，花燭之夜將其手刃。

崑劇《鐵冠圖》在京劇界也有很大影響。譚鑫培擅演〈別母亂箭〉（〈寧武關〉）。一九一九年十二月北方昆弋榮慶杜莅瀘，與上海京劇界合作演出全本，先由麒麟麟童周信芳飾崇禎帝，演出改良京劇《明末遺恨》，後接韓世昌飾費貞娥，演出崑劇〈刺虎〉結束。梅蘭芳在抗戰勝利後於上海復出登台，演出的是崑劇，劇目中也有〈刺虎〉。

所以，描寫刺殺李岩的是清初的《鐵冠圖》，但此戲中刺殺李岩的是韓氏，而此戲在清代已失傳。清末的崑劇《鐵冠圖》又稱《明末遺恨》，是據曹寅本改編的，〈刺虎〉是其中最著名的一齣，韓世昌、梅蘭芳等皆擅演，當代則由華文漪所演，描寫的是費貞娥刺殺李過，而非李岩。

至於李過，他是李自成之兄子，是最早追隨李自成起義並爲主將之一。李自成無子，一直將李過和妻弟高一功，作爲左右不離之親信人物，共與大事。李自成兵敗退出北京後，李過依舊不離左右，順治二年（一六四五年）九月，退至九宮山時，自成留李過守寨。自率二十騎略食山中而死。李過率李自成餘部三十萬人，被奉爲主帥。李過改名爲錦，偕李自成妻高氏、妻弟高一功等歸附明朝總督湖廣、四川、雲南、貴州、廣西軍務的何騰蛟，一起抗清。隆武帝（《明史》稱永明王）賜李過（錦）名赤心，授御營前部左軍，封興國侯，但李過（赤心）書疏仍稱自成爲先帝，稱高氏爲太后，忠於大順皇朝和李自成的態度未變。次年，因兵餉難籌等原因，李過、高一功所率的大順軍餘部移師西遷，至川楚交界地區，李過不久死於軍中。

金庸提到的舊小說《吳三桂演義》，四卷四十回，作者佚名，有宣統辛亥（一九一一年）上海書局石印本和上海華明書局石印本。書敘吳三桂本貫山東高郵，因先祖販馬爲業，寄籍遼東。父襄有勇力，受知於鎮東將軍李成梁，以攻保升千總、副將，崇禎時提督京營。吳三桂後亦升任總戎，出鎮寧遠，並得陳圓圓。自成入京後擄得圓圓，三桂爲爭圓圓，借清兵入關，清兵定鼎中原後，多爾袞猜忌三桂，令開藩雲南。圓圓以三桂降清，決心修行，不欲同行。三桂許以到滇後另闢幽室別居，始行。後圓圓臨終前遺書三桂，勸其終老林下，死裡求生。

書中還記敘明末天下大亂，明清遼東戰爭和吳三桂晚年叛亂等。這本小說描寫李自成霸占陳圓圓，第八回回目「棄圓姬闖王奔西陝」等情節，可能給金庸啓發。

至於《鐵冠圖》小說，《小說小話》指出「共有三本，今所通行之《新史奇觀》即其中之一，而亦不完全，蓋因有所觸諱而竄改也。」另一種爲《鐵冠圖分龍會》，二十一回，未署作者，今僅存道光丙申（一八三六）租書鋪四宜齋鈔本。書前有敘文二篇，一爲康熙三年（一六六四）餘生子作，一爲六年（一六六七）遺民外史作。書中有詞一首，介紹全書主要情節：「明季值頹遠，五火速昭生；流賊獻忠作亂，闖賊肆縱橫。立有分龍大會，鐵冠仙圖預定，一軸畫分明。煤山殉社稷，坐看焰神京。邊知縣，撅賊冢，快人情。宮娥費女，誓死表丹忱。可惡庸奸誤國，假手誅除雪恨，天朝定大清。妖氣掃蕩盡，六合得昇平。」

金庸看到的是第三種，書名《鐵冠圖》，光緒年間有多種石印本，民國年間又有鉛印本。此書一名《忠烈奇書》，又名《崇禎慘史》，五十回，題松排山人編，龍岩子校閱。故事大略與前書同，虛構李自成因宋獻策游說而起兵，毒殺父母，以葬「龍穴」，期望早登皇帝寶座。李自成被捕下獄，由一班兄弟裡應外合反監而出，殺閻知縣，擄閻小姐，如此等等，一應故事確如金庸所說，荒誕不經，離事實太遠。第四十三回後半回，「刺殺李岩宮人報恩」寫闖王入京，大肆擄掠。有費宮人者，冒稱公主，闖王將她賜給李岩，洞房之夜李岩被費宮人刺死。這與無名氏崑劇《鐵冠圖》刺死李過完全不同，而與《曲海總目提要》批評將費宮人誤爲韓氏刺殺李岩的一種別本則相同。小說與最早的崑劇都是無名作者的作品，上已言及，當今依舊演唱的崑劇〈刺虎〉則據名家曹寅之作。

關於李自成最後下落的最新訊息，依舊認爲他歸隱於湖南。上海《新民晚報》一九九九年七月九日發表新華社長沙七月八日供晚報之專電〈國際明史研究會下月在湘舉行〉說：「第八屆國際明史學術研究會將於八月十五日至八月二十二日在湖南省石門縣舉行。據介紹，研討會將重點討論中國明代的政治、經濟、文化、對外關係、明末農民戰爭等主題。屆時將有美、德、日、韓等十五個國家的明史專家，港、澳、台地區和國內五十多個研究機構和大專院校的明史專家、學者共二百五十餘人參加。本次會議舉行地石門縣位於湘西北，被史學界認爲可能是李自成戰爭失敗後的歸隱地。」

由於缺乏可靠和充分的資料做根據，關於李自成的最後結局，至今無法確定。

關於李自成的最後結局，近年還有第六種說法：

現代著名女作家丁玲於八〇年代逝世之前披露：她是李自成的後代。她說李自成兵敗後退至湖南境南，他一人挑著金銀財寶來到丁玲的故鄉，隱姓埋名，居住於此，直至終老而死。李自成的後裔便世代隱居於此，她本人便是李自成的後裔之一。

她這個臨終前的自述在報刊披露後，並未引起反響。也許史學界和李自成研究者認爲丁玲之說難以置信而未予置理。

不管怎麼說，丁玲的臨終遺言提供了李自成最終結局的第六種說法。她的遺述刊載在上海《文學報》上，因此報專業性較強，讀者面不廣，所以至今鮮爲人知。

金庸筆下的李自成形象

金庸在《雪山飛狐》中通過平阿四之口，描寫李自成的結局是：「原來闖王是在石門縣夾山普慈寺出家，法名叫做奉天玉和尚。闖王一直活到康熙甲辰年二月，到七十歲的高齡方才逝世。闖王起事之時，稱『奉天倡義大元帥』，他的法名實是『奉天王』，爲了隱諱，才在『王』字中加了一點，成爲『玉』字。」

當今中外史學界關於李自成的最後結局，基本上分爲兩派，一派認爲他在九宮山被殺，另一派認爲他在湖南石門縣夾山出家當和尚。金庸顯然持後一種觀點，認爲他死於康熙三年（甲辰，一六六四年），即明亡二十年之後。金庸又認爲：「在小說中加插一些歷史背景，當然不必一切細節都完全符合史實，只要重大事件不違背就是了。至於沒有定論的歷史事件，小說作者自然更可選擇其中的一種說法來加以發揮。」

《雪山飛狐》描寫四衛士與李自成的君臣感情，和忠於李自成的高義，還自將李自成當作正面人物來描寫。在前此的《碧血劍》中，金庸卻用生動具體的公正筆調描繪李自成攻下北京後在京城裡的劣跡，及其部屬的種種醜行：

像所有的昏庸殘暴的專制君主一樣，李自成一進北京城奪到君主寶座，便成了言行不一致的兩面派。他嘴上講得好聽：

李自成從箭袋裡取出三支箭來，扳下了箭簇，彎弓搭箭，將三箭射下城去，大聲說道：「眾將官士兵聽著，入城之後，有人妄自殺傷百姓、姦淫擄掠的，一概斬首，絕不寬容！」

結果「闖軍入城後，占住民房，姦淫擄掠，無所不爲。」大街之上，「只聽得到處都是軍士呼喝嘻笑、百姓哭喊哀呼之聲。大街小巷，闖軍士卒奔馳來去，有的背負財物，有的抱了婦女公然而行」。袁承志「見到滿城士卒大掠的慘況，比之崇禎在位，又好得了甚麼？」「再走得幾步，只見地上躺著幾具屍首，兩具女屍全身赤裸。眾屍身上傷口中兀自流血未止。袁承志這時再也忍耐不住，握住李岩的手，說道：『大哥，你說闖王爲民伸冤，爲……爲百姓出氣，就是這樣麼？』說著突然坐倒在地，放聲大哭。」紅娘子氣憤地說：「咱們的軍隊一進北京，軍紀大壞，只顧得擄劫財物，強搶民女。比之明朝，又好得了甚麼？」

不僅如是，李自成軍隊在山海關被清軍擊敗後，退出北京，向西奔逃，沿途依舊燒殺擄掠。《碧血劍》描寫多種慘狀，其中寫到袁承志和李岩、紅娘子見路旁有個老婦人在放聲痛哭，身旁有四具屍首，一男一女，還有兩個小孩，身上傷口中兀自流血不止，顯是被殺不久。只聽那老婦哭叫：「李公子，你這大騙子，你說甚麼『早早開門拜闖王，管教大小都歡悅』，我們一家開門拜闖王，闖王手下的土匪賊強盜，卻來強姦我媳婦，殺了我兒子、孫子！我一家大小都在這裡，李公子，你來瞧瞧，是不是大小都歡悅啊！……」

有人見此感到奇怪，問紅娘子道：「闖王怎不管管，也眞奇怪。」紅娘子冷笑道：「他自己便搶了吳三桂的愛妾陳圓圓，上樑不正下樑歪，又怎管得了部下？」

小說描寫李自成的態度更爲惡劣。當李岩進皇宮向李自成報告劉宗敏部下虐殺百姓時，劉宗敏冷笑：「我們會打江山，難道不會坐江山麼？你來討好百姓，收羅人心，到底是甚麼居心？」李自成笑道：「好啦，好啦！大家自己兄弟，別爲這些小事傷了和氣。……皇宮裡美女衆多要有多少，待會你自己去揀便是。」李自成不僅不支持袁承志整肅軍紀的請求，不制止劉宗敏放縱部下殘害百姓的暴行，反而親自慫恿他搶奪、蹂躪被俘的宮中美女。

《碧血劍》描寫李自成霸占陳圓圓和衆將領垂涎陳圓圓美色的醜態，作爲呼應，《鹿鼎記》在描寫已出家修行的陳圓圓時，也寫到李自成對她的占有，並生有一女，此女成爲韋小寶的追求對象。史傳陳圓圓是被劉宗敏霸占，但金庸在小說中移花接木，將這件罪行寫在李自成頭上，是比生活眞實更爲眞實的藝術眞實，是金庸先生的神來之筆。

金庸在此類描寫之後，又附史實若干，並作按語云：「但闖軍初時紀律嚴明，進北京後便即腐敗，當屬事實，否則不致成功後便即一敗塗地。」他又在小說中藉紅娘子之口說：

吳三桂本來已經投降，大事已定，聽得愛妾給闖王搶了去，這才一怒而勾引韃子兵入關。韃子兵和吳三桂聯軍打進來，闖王帶兵出去交鋒，兩軍在一片石大戰。我軍比敵兵多了好幾倍，可是大家記掛著搶來的財寶婦女，不肯拚命，這一仗若是不輸，那真是沒天理了。

而像李岩率領的紀律嚴明、愛民如子的部隊，則感到已引起友軍的嫉忌，又感到闖王不聽分辨、不明是非，深感灰心，更感到現下闖軍胡作非為大失民心，跟著闖王也沒甚麼好結果了。

金庸對李自成的描寫，除移花接木地虛構他占有陳圓圓，他與陳圓圓的愛情之外，總體上是眞實的，也就是忠於史實。既肯定他在李岩的幫助、輔助下，嚴飭軍紀，愛護百姓，又如實描寫他進京後的腐敗和害民；既肯定他反對貪官污吏和殘民暴政的舉旗起義，又如實揭露他進京後對明朝降官不當的迫害和過分的追逼錢財；忠實寫出流寇出身的農民軍將領對權力、財富和美女瘋狂的占有慾望，寫出他們活該失敗、滅亡的命運。如實描繪李自成本人的才華和人格魅力，也刻劃此人妒賢忌能，翦滅異己，不以大局爲重，不以天下黎民和社稷爲重的狹隘心理、短淺目光。作者充分讚賞李自成農民軍反抗暴政的正義精神，對他們的墮落抱惋惜、失望、批評的態度。描寫眞實而公允，這便是金庸成功之處。

胡一刀夫婦，胡斐的英雄父母

胡一刀在長白山一帶的烏蘭山玉筆峰後查訪，尋到李自成在山洞中暗藏的寶庫。杜希孟爲找寶庫在此峰建玉筆莊長住，卻一無所獲。但其表妹發現胡一刀行蹤，跟進寶洞，兩人動手打鬥，卻又互相欽慕，竟因此而結爲伉儷。胡夫人要胡一刀放棄寶藏，因她自幼受表哥杜希孟撫養，如取走寶藏，有負杜希孟苦心。胡一刀自然應允，要美人而不要寶藏。

武林中傳說田歸農之父田安豹和苗人鳳之父去關外後皆爲胡一刀所害，胡一刀卻在山洞中發現兩人爲爭奪寶藏而互相殺死於此，屍首被冰封住，數十年不腐。田安豹死時年紀不過四十。胡一刀數年來查訪突然失蹤的苗田兩人，終於得知二人訊息。

胡夫人不久便懷孕了，她是江南人，臨到生產之時忽起深切的思鄉之情，胡一刀便陪送他南下。行到河北滄州唐官屯，先後與追殺而來的范幫主、田歸農和苗人鳳動上手。胡夫人在客店生子，胡一刀托閻基向苗、田、范三人轉告三件事，田歸農光聽後不轉告苗人鳳，又令陶百歲在胡、苗刀劍上施毒，欲使兩人在決鬥時同歸於盡，陶百歲轉命閻基做這件壞事，結果胡一刀中毒而死，胡夫人自殺。

胡一刀來到滄州時，閻基躲在客店櫃台後面偷看，胡一刀下車時，他——

> 只見門簾掀開，車中出來一條大漢，這人生得當真兇惡，一張黑漆臉皮，滿腮濃髯，頭髮卻又不結辮子，蓬蓬鬆鬆的堆在頭上。

閻基見此模樣，嚇了一跳，以為撞見惡鬼。接著，又見到胡夫人：

這女人全身裹在皮裘之中，只露出了一張臉蛋。這一男一女哪，打個比方，那就是貂蟬嫁給了張飛。我一見那女子如此美法，不禁又嚇了一跳。

胡一刀夫婦的武功都出色。胡夫人在產後即與夜間來犯眾敵決殺，她左手抱嬰兒，右手用綢帶飛舞，不到一頓飯功夫，捲下幾十條漢子的兵刃，這些敵人都摔下屋頂，倉皇鼠竄。胡一刀與「打遍天下無敵手」的苗人鳳相比，還高出一籌：胡一刀與苗人鳳惡鬥一日，夜裡奔馳近六百里，累死五匹馬，用苗家劍法殺死商劍鳴，天不亮已回，與苗人鳳又惡鬥一日而不敗，可見胡實勝苗一籌；苗人鳳有聳背的破綻；最後一戰，苗人鳳固然能砍下胡一刀的手臂，但胡一刀踢苗腰間，可致死命。苗人鳳知胡一刀的容讓，看出胡一刀爲人仁厚俠義，絕不會害死自己父親，可惜胡一刀當場中毒而死，無法說明。

胡一刀最大的性格特徵便是光明磊落，待人仁義。他不僅不利用夫人看出的苗人鳳破綻乘機取勝，反而住手後請教苗人鳳出現破綻的原因；他在生死決鬥的幾天中，替苗人鳳殺掉商劍鳴，代他報仇，使他卸去心理負擔，又用苗家劍法殺商，苗人鳳深覺胡一刀的盛情可感。連小人閻基也深受感動：「我這時方才明白，胡一刀是處處尊重金面佛。……只是他一日之間，能學得苗家劍的絕招，用以殺了另一個武學名家，這番功夫實不由得令人不爲之心寒。他直到這日鬥完，才拿出首級來，毫無居功賣好之意，更是大方磊落，而其自恃不敗，也已明顯得很了。」

胡一刀探知苗人鳳和田歸農兩人父親的死因，他要帶他倆去實地觀看，而不當面先講穿，怕的是兩人知道父親死得不光采而當場難堪。此亦見胡一刀爲人的仁義。

胡一刀在客店看到燒火的小廝平阿四在灶邊偷哭，就關心地詢問，知道他家困境，慷慨贈銀，又平等對待這個受人輕賤的癩痢頭小廝。

胡一刀夫婦最放心不下的是這個剛出生的嬰兒，怕他當孤兒無法生存，胡一刀夫婦甚至害怕與苗人鳳決鬥；胡一刀自感即使被殺也不可怕，死很容易，夫人活著可就難了，又要日夜傷心，又要辛苦地獨力養大孩子。胡夫人表示：「等他長大了，我叫他學你的樣，什麼貪官污吏、土豪惡霸，見了就是一刀。」胡一刀自認爲「這一生過得無愧天地」。他們夫婦雖與苗人鳳連日生死決鬥，同時又能肝膽相照，惺惺相惜。

胡夫人眼見丈夫死於苗人鳳的毒刃，竟說：「苗大俠，這柄刀是向你朋友借的。咱家大哥固然不知刀上有毒，諒你也不知情，否則這等下流兵刃，你兩人怎能用它？這是命該如此，怪不得誰。我本答應咱家大哥，要親手把孩子養大，但這五日之中，親見苗大俠肝膽照人，義重如山，你既答允照顧孩子，我就偷一下懶，不挨這二十年的苦楚了。」言畢橫刀而死。

胡一刀夫婦忠信仁義的性格，胡斐全部遺傳到了，而且相貌也酷似乃父，苗若蘭看到胡斐的模樣，與閻基所述相同，只是未言及臉部的膚色。閻基接生時看到的是「一個白白胖胖的小子」。根據一般的規律，出生嬰兒臉白的，長大膚色較黑。可見胡斐與其父一樣，也是黑臉。

胡一刀夫婦死後葬在滄州。胡斐幼時，每隔幾年便由平四叔帶來掃墓，每次總要在父母墓前呆坐幾天，深情地設想：如果爹爹媽媽這時還活著……如果他們瞧見我長得這麼高大了……如果爹爹見我這麼使刀，不知會說什麼？……

胡斐出生才五日，父母已長眠地下。他對自己的英雄父母十分欽敬懷念。在打散福康安的天下掌門人大會數日之後，他又來到父母墳地，「陪著爹娘睡一夜」。他——

從包裹取出乾糧吃了，抱膝坐於墓旁，沉思良久，秋風吹來，微感涼意。墓地上黃葉隨風亂舞，一張張撲在他臉上身上，直到月上東山，這才臥倒。

秋風黃葉，極好地表達出胡斐沉痛悲涼的心境，天下已喪父母者人同此心，未免對他一掬同情之淚。

義叔平阿四，生死相依之良友

平阿四是二十七年前滄州那小鎮上客店中杜下燒火的小廝。他爹爹三年前欠了當地趙財主五兩銀子的高利貸，過了三年，連本帶利已成四十兩。趙財主把他爹爹抓去，逼迫立下文書，要拿他媽抵債，給他當小老婆。他爹不肯，被財主的狗腿子拷打得死去活來，他爹媽正急得要自盡，胡一刀夫婦來客店借住，在店中生下胡斐，從平阿四口中問知他家中的災難後，慷慨贈銀一百兩，幫助平阿四全家度過了難關。胡一刀稱平阿四爲小兄弟，一定要平阿四叫他大哥，完全平等相待。平阿四一貫被人輕賤，人人叫他癩痢頭阿四，一生受人呼來喝去，胡一刀的平等態度，使平阿四感激萬分。

出於感激的心理與善良的天性，平阿四密切注視著胡一刀夫婦、父子三人的一切。

平阿四觀察到胡苗決鬥的全部過程，又看到閻基連日來在旁窺視的全部過程，更目擊閻基半夜摸入大廳，從藥箱裡取出一盒膏藥，塗在胡苗兩人的刀劍之上。胡一刀夫婦亡故後，平阿四嚴密監視閻基的行動：他偷鐵盒中的珍寶與武經，又將棉被蓋住哭著的嬰兒。爲救嬰兒，他冒險潛入，用門閂敲昏閻基，搶出孩子和武經。被田歸農截獲時，他狠命咬田歸農的手，臉上被砍一劍，一臂被砍斷，又被一腳踢入河中，但另一臂始終緊抱孩子。他被船娘搭救，昏迷六日六夜才醒轉，終於救出胡一刀的兒子胡斐。

平阿四帶著胡斐，此時已遠離家鄉，怕仇人害這孩子，不敢回去，他自己也還是個十多歲的孩子，卻含辛茹苦地養大胡斐，還讓胡斐按照刀譜拳經自學練武，教育他成人。

十三年後，平阿四陪著胡斐踏上江湖之路。他們來到商家堡，兩人的形象爲：馬行空的徒弟徐錚按師父的囑咐去感謝商寶震後，回到廳上，只見火堆旁又多了兩個避雨之人。一個是沒了右臂的獨臂人，一條極長的刀疤從右眉起斜過鼻子，一直延伸到左邊嘴角，在火光照耀下顯得面目極是可怖；另一個是十三、四歲的男孩，黃黃瘦瘦。兩人衣衫都很襤褸。

閻基帶著十餘個手下人，騎馬來到商家堡，要劫馬行空之鏢，兩人在大廳裡惡鬥。閻基僅將十幾招又笨拙又難看的拳腳翻來覆去地使用，最後將馬行空打倒。

獨臂人平阿四和黃瘦小孩胡斐一直縮在屋角之中，瞧馬、閻兩人比武。平阿四在此撞見閻基，連忙一再叮囑胡斐：「小爺，你仔細瞧那個盜魁，要瞧得仔細，千萬別忘了他的相貌。」「你記著這個人，永遠別忘記了。」

過了一會兒，平阿四又關照胡斐：「你總說功夫練得不對，你仔細瞧著他，許就練對了。」胡斐看了一會，感到：「這個人的拳腳我有些懂啦。」平阿四道：「不錯，你好好瞧著。你那本拳經刀譜，前面缺了兩頁，所以你總是說瞧不懂。那缺了的兩頁，就在這閻基身上。」

接著又鼓勵說：「這傢伙本來不會什麼武功，但得了兩頁拳經，學會了十幾招殘缺不全的拳法，居然能跟第一流的拳師打成平手。你想想，那拳經刀譜共有三百多頁，等你將來學會了，學全了，能有多大的本事。」胡斐聽了甚是激動，眼睛中閃耀著興奮的光芒。

閻、馬決戰後，田歸農夫婦和苗人鳳也先後來到商家堡大廳，他們為兒女之情爭執，而平阿四一直縮在廳角靜觀各人，尋到良機，便輕輕站起，走到盜魁閻基身前，在他身邊悄悄地說：「你撕去的兩頁拳經呢？苗大爺叫你還出來！」閻基見苗人鳳在旁，只好還給他。

眾人離去後，商老太見獨臂人和小孩流落江湖，四海為家，便留下他們幫忙幹些活。兩人便定居在此，在西偏院旁的一間小屋中住下，平阿四在菜園中挑糞種菜，胡斐假稱平斐，作為他的侄兒，在練武廳裡掃地抹槍。每天半夜則悄悄溜出莊外，在荒地裡練拳練刀。後因將商老太為報仇而練功的木靶上的「胡一刀」之名，換成「商劍鳴」，胡斐與商老太母子惡鬥後逃離，並將平阿四救出。

七、八個月後，胡斐在商家堡大廳先後與商老太、王劍英兄弟決戰，得趙半山相助，又合力逃出鐵廳火場，趙半山臨別時與胡斐結為金蘭兄弟，並贈他四百兩黃金，兩人分手，趙半山回回疆。

胡斐找著平阿四後，分了二百兩黃金給他，要他回滄州居住，自己卻遨遊天下。

又過了十三、四年，清乾隆四十五年三月十五日，成為寶樹和尚的閻基與多人，來到雪山頂上杜希孟莊中，閻基和苗若蘭分別回憶和敘述胡、苗、范、田四衛士的百餘年結怨與仇殺慘史，和胡一刀夫婦的慘死經過，在杜希孟莊上假做僕人實則臥底的平阿四揭穿寶樹的謊言，補充苗若蘭的敘述，揭出閻基當年的罪狀，介紹自己的身世、與胡一刀夫婦相識經過和胡斐得救、成長的情況。他指出寶樹是害死胡一刀夫婦之人，今日他爲報此仇，將山上的糧食、菜蔬和肉類全部倒下山峰，要寶樹七日七夜內活活餓死，山上男女也人人餓死。曹雲奇怒極，一拳打在平阿四胸口，他吐出一口鮮血，但臉上仍是微微冷笑，竟無半點懼色。幸得苗若蘭預先給他苗人鳳的名號，才得不被打死。因爲平阿四在敘述往事時，預先聲明，他不待講完，寶樹便要殺他滅口。苗若蘭要平阿四拆下掛著下聯的木板，上面有苗人鳳的名號，「若是有人傷你一根毛髮，那就是有意跟我爹爹過不去」。平阿四因此而得到苗人鳳的保護。

胡斐上山後，見他受傷，面似金紙，躺在榻上，正不住喘息，非常著急，了解原委和經過之後，從衣囊中取出一顆朱紅丸藥，塞在他口中，並感謝苗若蘭相救之德。下山時將平阿四背在身上，將他救走。

平阿四受胡一刀的幫助，又得胡一刀的平等相待，心懷感激。他目睹胡一刀夫婦的悲慘結局，挺身而出，冒著生命危險將他們的兒子胡斐救出。胡斐自幼由他撫養長大並教育成人，與他情若父子。

古人說：一飯之恩，湧泉相報。此爲君子之品德。平阿四沒有文化，出身貧賤，他爲報胡一刀之恩，不僅臉被砍傷，一臂被砍去，而且花了終生的代價：從十幾歲到二十七年之後的四十幾歲，一直含辛茹苦，擔驚受怕。十幾歲的獨臂少年，養活一個嬰兒，其間之艱辛，難以設想。胡斐長大成人，他又獨自先上玉筆峰，要爲胡斐報仇，設計除去杜希孟；後遇閻基上山，又捨身不顧，設計除去閻基。處心積慮，全爲胡家的怨仇而奔走奮鬥。

平阿四沒有武功，但他的俠義精神很足。平阿四終生貧賤，但他懂得和重視人家對他的尊重，而且付出自己的一生，以表達感恩之情。

封建社會中，等級森嚴，身處低層的人，難以得到人之尊重。現代社會講究平等，有人卻爲了金錢或生存，自甘低賤，這種人就無可救藥了。

義兄趙半山，良師名師爲恩師

趙半山是胡斐一生中繼親生父母和平阿四之後，最重要的人物。

趙半山在七萬多人的紅花會中坐第三把交椅，綽號「千臂如來」。趙半山是浙江溫州人，少年時曾隨長輩至南澤各地經商。後入溫州王氏太極門學藝，對暗器一道特別擅長，故號稱「千臂如來」。千臂如來指他能同時快速發出多種暗器，猶如多條手臂在發射暗器，更且暗器手段超凡拔俗。尤其「回龍璧」是據他少年時在南洋看到的一種打出之後能自動飛回的獵器而仿造的曲尺形精鋼彎鏢；另有一種「飛燕銀梭」，更是他獨運匠心創製而成，成對射出，敵手難於抵禦。

如他在救文泰來時，與張召重惡鬥，文泰來在被囚押的大車中只聽得嗤嗤之聲連作，袖箭、飛蝗石、甩手箭、鋼鏢、鐵蓮子、菩提子、金錢鏢像下雨一樣，煞是好看。接著，忽然碰的一聲猛響，一枝蛇焰箭光亮異常，直向張召重射去。趙半山趁張召重在火光照耀下一呆，就打出回龍璧和飛燕銀梭這兩種獨門暗器。張召重忽見迎面白晃晃的一支彎物斜飛而至，破空之聲，甚爲奇特，他伸手抓住它的尾巴，哪知這回龍璧竟如活的一般，一滑脫手，骨溜溜的又飛了回去。趙半山伸手拿住，又打了過來，忽然颼颼兩聲，兩枚銀梭分從左右襲來。張召重看準來路，縱起丈餘，讓兩只飛梭全在腳下飛過。瞧著錚錚兩聲響，燕尾跌落，梭中彈簧機括彈動燕頭，銀梭突在空中轉彎，向上激射，他忙伸手擋住一個，另一只銀梭卻無論如何躲不開了，終究刺入他小腿肚中。其神技如此，故而《書劍恩仇錄》介紹說：「趙半山外號千臂如來，只因他笑口常開，面慈心軟，一副好好先生的脾氣，然而周身暗器種類繁多，打起來又快又準，旁人休想看得清他單憑一雙手，怎能在頃刻之間施放如許暗器。」

趙半山面慈心軟，是一位十足的好好先生。陳家洛邀請乾隆在杭州西湖賞月，龍駿向心硯尋釁，用暗器中的毒蒺藜擊傷心硯，要致他死命。趙半山與龍駿鬥暗器，一剎那間竟同時打出七件暗器；龍駿狼狽躲過，之後他轉眼之間「連環三擊」，分三次也發出七件暗器。趙半山輕巧避過，手一揚發出三枚金錢鏢，一枚甩手箭，再加上兩粒菩提子，同時打中他的兩個穴道，令他癱跪船頭。要他拿出解藥，他卻詭稱留在北京未帶出來。趙半山束手無策。徐天宏向趙半山要來他拾獲的兩枚毒蒺藜，在他胸口打了六個，讓他也中此毒，再逼使他喝下三杯酒，行毒更快，龍駿只好取出解藥。趙半山心軟老實，對江湖上的凶悍刁鑽之徒，無計可使，幸得精乖兄弟聯手相助，才擊破對手詭計。

儘管趙半山已四十四歲年紀，身材可能略見肥胖，在杭州與陳家洛夜半施展輕功，闖入撫衙，兩人在屋瓦上悄沒聲息的一掠而過，陳家洛十分佩服，心道：「久聞太極門武功是內家秘奧，趙三哥的輕功果然了得，閒時倒要向他請教請教。」最後，紅花會群雄殺入北京皇宮，生擒乾隆，安徽巡撫方有德前已施奸計搶得徐天宏與周綺之子，此時現身，要以此子交換乾隆。緊急中方有德抱著這個還只有兩個月的嬰兒，突然跳樓逃跑，被常伯志抓腿上甩，孩子脫手飛出。趙半山雙足力蹬，如箭離弦，躍在半空，頭朝下，腳向上，左手前伸，已抓住孩子的一隻小腿，同時右手三枚毒蒺藜飛出，打在方有德頭頂胸前，這時樓上群雄、樓下侍衛，無不大叫。趙半山凝神提起，左手裡彎，已把孩子抱在懷裡，雙足穩穩落地，一招太極拳「雲手」，把撲上來的兩名侍衛推了出去。他速度奇快，身手靈巧，功夫深湛，動作精妙，技壓群豪。

從皇宮出來後，趙半山與紅花會群雄連騎西去，前往回疆另圖義舉。

六年後，趙半山在《飛狐外傳》中重現江湖，胡斐正在商家堡冒夜惡鬥，忽聽遠處馬蹄聲響，如急風暴雨，猛馳而來。三數里外的蹄聲剎那之間已到堡前，堡門推開，莊丁呼叱與翻跌、兵刃落地，迅雷不及掩耳，趙半山已現身廳口。胡斐和眾人只見那人五十歲左右年紀，穿一件腰身寬大的布袍，上唇微髭，頭髮已現花白，中等身材，略見肥胖，笑盈盈的面目甚是慈祥，右手攜著一個十二、三歲的女孩。瞧他模樣，就似是一個鄉下的土財主，又似是小鎮上商店的掌櫃，隨口就要說出「恭喜發財」的話來，雖然略覺俗氣，卻是神態可親，與進堡時那股剽悍凌厲的勢道全不相符。

趙半山來勢凌厲，先聲奪人，及其現身，卻相貌溫和純樸，反差極大。在場的王劍英請教他高姓大名，群雄方知眼前此人竟是紅花會的大頭領千手如來趙半山，無不聳然。但趙半山性子慈和，胸無城府，跟誰都合得來，王劍英稍作探問，即知他只有一人前來，放下了一大半心。可是他的本領實在高強，一連露出三手，功壓群雄。他追奔數月，辛勞萬里，為追尋陳禹報仇，陳禹先下手為強，一招「玉女穿梭」，猛拍趙半山肩頭，半山微蹲，一招「雲手」，帶住他的手腕向右一引，陳禹立足不定，頓時全身受制。殷仲翔挺劍直刺半山身後，半山更不回身，順手在陳禹腰間抽出佩劍，回劍一擋，殷仲翔的長劍已斷成兩截。半山右手一送，又將長劍插入陳禹腰間劍鞘。群豪見他一招制住太極門好手陳禹，一劍震斷天龍門好手殷仲翔長劍，制敵拳法之精，拔劍出手之快，斷劍功力之純，還劍眼力之準，皆是生平罕見，不由得盡皆失色。突然間金光閃動，商老太見眾人注意趙陳之鬥，她向近處的胡斐連發七枚毒鏢，趙半山見胡斐勢難躲避，他跨上一步，伸出長臂，一撈一抄，半路上將七枚鏢盡數接在手中。眾人只覺眼前一花，也沒看清他如何出手，七枚金鏢皆已到了他的手中。

他這兩手，當場證明王劍英剛才向其弟王劍傑介紹的「趙三爺太極手、太極劍、暗器功夫，三絕天下無雙。」

他與胡斐萍水相逢，互不相識，只因感到小孩受欺，油然而起同情之心，後又看到胡斐靈慧機變，才華卓特，又起惜才之心，故在胡斐與王劍英惡鬥幾個反覆後，最後已然輸定，對掌後必然受傷，他笑道：「孩子，你輸啦，還比拚什麼？」伸手在他背上輕輕一拍，一股內力從他身上傳將過去，王劍英雙臂一痠，胸口微熱，自知功夫與趙半山差得太遠，只好放手。胡斐終於再次得救。

趙半山稍露三手，即見一代宗師無比深厚的功力和修爲。

趙半山出手相救胡斐的善舉，可見他外號「千手如來」的確名實相符。「如來」，說他面和心慈；「千手」，說他發暗器、接暗器，就像生了一千隻手一般。別說此時只有七枚，就是七七四十九枚金鏢齊發，他也不放在眼中。

趙半山面和心慈，但正義感極強。他將商老太暗箭傷人的金鏢抄獲後，燭光下見鏢頭帶著暗紅之色，用鼻一嗅，果知帶有劇毒。作為使暗器的大高手，平生最恨有人在暗器上餵毒，認為：「暗器原是正派兵器，以小及遠，與拳腳器械，同為武學三大門之一，只是給無恥小人一餵毒，這才讓人瞧低了。」

一般認為，暗器屬於暗箭傷人一類，所以看低此類本事。趙半山的觀點與眾不同，在正式搏擊時使用，暗器是正當手段，是比技藝高低的形式之一；不在比武博殺時，偷襲對方，勝之不武，如果餵毒發射，便是無恥小人行徑。趙半山當場訓斥商老太卑鄙惡毒，大義凜然，使王氏兄弟暗自慚愧。

趙半山儘管痛恨卑鄙偷襲之人，但他畢竟為人仁慈，對偷襲自己的人只是揚威示警，對方如肯懸崖勒馬，便饒他性命。他在攔擊陳禹的過程中，足下暗暗使勁，竟將商老太剛才偷襲胡斐的七枚金鏢踏得嵌入了地下方磚之中，鏢與磚齊，甚是平整。陳禹見了臉上頓時變色，眾人見了大為驚奇，但立即明白，他露這手功夫，一來是警告商老太不得再使歹毒暗器，二來是要逼陳禹出去算帳，叫旁人不敢阻攔。此時陳禹用激將法唆使好友同黨出手相救，趙半山馬上感到有暗器自背後來襲，他頭也不回，反手用兩指捏住飛刀，隨口點出偷襲者是嵩山少林寺的不疑大師的徒弟，眾人皆是一驚，趙半山的雙手向後揚了幾揚，跟著轉身且兩手連揮，叮叮噹噹響聲不絕，眾人瞧偷襲者古般若時，無不目瞪口呆，但見他背靠牆壁，周身釘滿了暗器，卻無一枚傷到他的身子。這個古般若半晌驚魂不定，隔了好一陣才離壁回頭，只見百餘枚暗器打在牆上，隱隱依著自己身子，嵌成一個人形。他慘然無語，向趙半山一揖到地，感謝趙三爺不殺之恩，黯然離去。

趙半山宅心仁厚，不殺此人，又再次以武立威，警告別人不要再無謂送死，心地仁慈。

而他的神功絕技，要比英國羅賓森箭射小孩頭頂的蘋果、莊子描寫的大斧劈去黏在別人鼻子上石灰而不傷及此人的運斧成風的本事，還要高出許多。因為被箭射穿的蘋果中心，離頭頂還有一些安全距離；劈去黏在鼻子上的石灰，固然的確驚險，但僅是一處。而趙半山背對目標發出的眾多暗器，再邊轉身邊連續發出大量暗器，使對方周身釘滿暗器又不傷及他的肌膚，極爲不易，是帶著理想色彩的虛構式的浪漫主義描寫。趙半山身上藏著如此多的暗器，即不爲他人所察覺，又能迅速發射，比魔術師耍弄的戲法困難得多，是作者的藝術想像。

趙半山是金庸筆下最厲害、也是最出色的暗器專家。

趙半山也是金庸筆下武功最強、品德最高的宗師之一。

胡斐初入江湖，即能親眼目睹一代高手趙半山的高超武藝表現，一開眼界，並了解和懂得何爲武學高峰的具體景象。

更幸運的是，趙半山藉著教訓陳禹的幌子，指導胡斐武功，用深入淺出的語言闡發武學中精微深奧的理論，胡斐就此徹悟，眞正進入了武學的堂奧：

卻聽趙半山又道：「我先說亂環訣與你，好好記下了。」於是朗聲念道：「亂環術法最難通，上下隨合妙無窮。陷敵深入亂環內，四兩能撥千金動。手腳齊進豎找橫，掌中亂環落不空。欲知環中法何在，發落點對即成功。」

趙半山再用明白淺顯的語言作解釋說：

本門太極功夫，出手招招成環。所謂亂環，便是說拳招雖有定型，變化卻存乎於人。手法雖均成環，卻有高低、進退、出入、攻守之別。圈有大圈、小圈、平圈、立圈、斜圈、正圈、有形圈及無形圈之分。臨敵之際，須得以大克小、以斜克正、以無形克有形，每一招發出，均須暗蓄環勁。

他一面說，一面比劃各項圈環的形狀，又道：

我以環形之力，推得敵人進我無形圈內，那時欲其左則左，欲其右則右。然後以四兩微力，撥動敵方千斤。務須以我堅力，擊敵橫側。太極拳勝負之數，在於找對發點，擊準落點。

如此明白淺顯、人人能解的方式所揭示的拳理，其中實是含有至理。但講講容易，要達到這個水準，趙半山補充說：「口訣只是幾句話，這斜圈無形圈使得對不對，發點與落點準不準，可是畢生的功力。你懂了麼？」此乃暗中提醒胡斐。

趙半山解畢「亂環訣」，再解「陰陽訣」，於是趙半山朗聲念出「陰陽訣」的全文：

太極陰陽少人修，吞吐開合問剛柔。正隅收放任君走，動靜變裡何須愁？生克二法隨著用，閃進全在動中求。輕重虛實怎的是？重裡現輕勿稍留。

接著趙半山拉開架式，比著拳路，說道：

萬物都分陰陽。拳法中的陰陽包含正反、軟硬、剛柔、伸屈、上下、左右、前後等等。伸是屈，屈是陰；上是陽，下是陰。散手以吞法為先，用剛勁進擊，如蛇吞食；合手以吐法為先，用柔勁陷入，似牛吐草。均須冷、急、快、脆。至於正，那是四個正面，隅是四角。臨敵之際，務須以我之正衝敵之隅。倘若正對正，便是以硬力拚硬力。若是年幼力弱，功力不及對手，定然吃虧。

胡斐一直在凝神聽他講解拳理，聽到此處，心中一凜：「難道這句話是說給我聽的麼？是說我與王劍英以力拚力的錯處麼？」機靈而有悟性的胡斐已懂得趙半山指點、指導自己的良苦用心。而趙半山呢，一眼不望胡斐，以免引起在場者對其眞實用意的察覺，他手腳不停，口中也絲毫不停：

> 若以角衝角，拳法上叫做：「輕對輕，全落空。」必須以我之重，擊敵之輕；以我之輕，避敵之重。再說到「閃進」二字，當閃避敵方進擊之時，也必須同時反攻，這是守中有攻；而自己攻擊之時，也須同時閃避敵方

進招，這是攻中有守，此所謂「逢閃必進，逢進必閃」。拳擊中言道：「何謂打？何謂進？進即閃，閃即進，不必遠求。若是攻守有別，那便不是上乘的武功。」

這番話只將胡斐聽得猶似大夢初醒，心道：「若是我早知此理，適才與王氏兄弟比武，未必就輸。」心中對趙半山欽佩到了極點。趙半山的講解，不露聲色地點到胡斐的痛處和癢處，作爲一代宗師，必是良師，由此可見。趙半山又道：

武功中的勁力千變萬化，但大別只有三股勁，即輕、重、空。用重不如用輕，用輕不如用空。拳訣言道：「雙重行不通，單重倒成功。」雙重是力與力爭，我欲去，你欲來，結果是大力制小力。單重卻是以我小力，擊敵無力之處，那便能一發成功。要使得敵人的大力處處落空，我內力雖小，卻能勝敵，這才算是武學高手。

趙半山邊講，邊出手比劃，許多拳法都是剛才胡斐實戰時所用，胡斐至此方始大悟：「原來趙三爺費了這麼大的力氣，卻是在指點我的武功。」趙半山剛才見到胡斐在臨敵之際憑著一已的聰明生變，拳理的根本尚未明白，知是未遇明師指點。於是他藉陳禹請教的機會，將武學的基本道理好好解說一遍，每一句話都是切中胡斐拳法中的弊端，說得上是傾囊以授。他有識人慧眼，深知胡斐聰明過人，必能體會。

趙半山如此授藝，眞正是別開生面。人稱隔山打牛，此是內力功夫深湛的表現，而趙半山竟隔眾傳藝，他越過在場眾人，向一旁的胡斐講授拳經。下圍棋的高手，在比賽後回憶對局的過程，稱爲「復盤」。趙半山將胡斐剛才的實戰，給以解剖和指點，藉圍棋的復盤手法作武功指導，也別開生面，讓我們讀者大開了眼界。

趙半山再進一步開導胡斐，首先是開了一堂德育課，只見：

他轉過身子，負手背後，仰天嘆道：「一個人所以學武，若不能衛國禦侮，也當行俠仗義，濟危扶困。若是以武擠惡，那是遠不如作個尋常農夫，種田過活了。」這幾句其實也是說給胡斐聽的，生怕他日後為聰明所誤，走入歧途。他一生之中，從未見過胡斐這等美質，心中對之愛極，自忖此事一了，隨即西歸回疆，日後未必再能與之相見，因此傳授上乘武學之後，復諄諄相誡，勸其勉力學好。

胡斐全懂他言中之言，亦藉規勸陳禹，答覆趙半山，半山極是喜慰，轉頭望著他，神色甚是嘉許。胡斐眼中卻滿是感激之情。一老一少，惺惺相惜，心情互通。

第二步，藉陳禹偷襲而兩人實戰之際，半山考較胡斐學習拳理的領會程度。半山一面施展絕技，他於一守一攻之間，都只使半招，就能隨心所欲，克敵制敵，著是名家手段，非同凡俗，全場無不大為嘆服。胡斐則抓緊時機，默想著趙半山適才所授的「亂環訣」與「陰陽訣」，凝神觀看二人過招，印證趙半山說的拳訣要義。趙半山又讓他大聲講出自己下一招應如何打出，了解他學後之成果。

胡斐連叫數下，每一招都說的頭頭是道。趙半山讚道：「小兄弟，你說的大有道理。」一面臨戰，一面肯定胡斐的學習成績。

第三步，趙半山讓胡斐出難題怪題，他盡力表演，使出內行也無法理解的怪招，見胡斐心領神會，心中一陣喜歡：「這孩子領悟了，我指點的拳理精義，立即能夠變通，當眞難得。」他又違背常理，故行險著，要將平生所悟到最精奧的拳理，指點給胡斐知曉，要叫他臨敵時不可拘泥一格，用正爲根基，用奇爲變著，免得如王劍英、王劍傑兄弟一般，膠柱鼓瑟，不懂「出奇制勝」的道理。

經此一番指點，胡斐日後始得成爲一代武學高手。趙半山如此傳功授訣，也是出奇、無與倫比的高明教育方法。

趙半山眞正是胡斐的良師、明師和恩師。但他竟不肯以恩師自居，他竟與胡斐兄弟相稱。

胡斐在商家堡初識趙半山，兩人即配合默契，互相幫助，結下生死情誼。

趙半山抄接王劍英的七枚暗器，救下胡斐，又要帶走胡斐，將他救走。後來胡斐被王劍英戰敗，趙半山見胡斐全然輸定，內臟要被對手所傷，就伸手在他背上輕輕一拍，一股內力從他身上傳將過去，將王劍英擊退，還稱讚鼓勵胡斐說：「了不起，了不起，再過五、六年，連我也不是你的敵手啦。」言下自然是說：你王老兄更加不用提了。他又給王劍傑解藥，治他手掌所中之毒，逼使王氏兄弟無論如何不能再對胡斐留難。

趙半山心地老實，常中奸刁者之計。陳禹假裝去看血書，用尖刀逼住呂小妹，左臂緊扼她頭頸，劫持她為人質。趙半山忠厚老實，對付奸詐小人，實非其長。處此困境，只好放走此人，待日後再設法料理此人，求得有始有終。陳禹左足已跨出了門檻，竟被胡斐用巧計奪回呂小妹，人質被救出，趙半山乘此良機又截住陳禹。

趙半山懲治陳禹後，眾人發現商老太已溜走，並關閉廳門，用烈火焚燒，欲置眾人死地。眾人見商老太與胡斐已結為死仇，都要殺死胡斐，討好商老太以自救。趙半山厲聲喊道：「你們有六個，我們只有兩人。咱們倒先瞧瞧，是姓趙姓胡的先死呢，還是你們姓王姓殷的先死。」說著擋在胡斐身前，神威凜凜。他平時面目慈祥，說話溫和，心腸又是極軟，可是面臨生死關頭，「仁俠」二字卻是顧得極緊，這幾話說得斬釘截鐵，竟不留半分餘地。

胡斐心想爲我一人，卻賠上這幾個人，「尤其是趙三爺，他是大大的英雄好漢，如何能讓他爲我而死？」他將頭鑽出牆腳邊的狗洞，要商老太打死自己，放出別人。商老太一鏢打來，胡斐卻被趙半山拖回。趙半山設計並幫助胡斐鑽出狗洞，胡斐與圍困鐵廳的商老太母子等生死博鬥時，趙半山又提示武經，遙控指導。胡斐終於制服頑敵，打開廳門，將眾人救出。

王劍傑昏迷在火窟中，其兄王劍英也不敢入內相救，胡斐與趙半山不約而同地衝進火窟之中，胡斐將王劍傑拖出，趙半山掩護，將躍下的巨大火樑托飛出去，兩人安然而出。

脫險之後，趙半山想：此番東來之事已了，無意中還結識了個少年英雄，也算此行不虛。趙半山便約胡斐一起走一程。胡斐稱他「趙伯伯」，趙半山誠懇又莊嚴地對他說：「小兄弟，你我今日萍水相逢，意氣相投，雖然我年紀大了幾歲，但我見你俠義仁厚，實是相敬。他日你必揚名天下，我何敢以長輩自居？」又提出：「我與你結義爲異姓兄弟，如何？」胡斐聽了，感激不勝，兩道熱淚湧濟而下。

想千手如來趙半山在江湖上是何等的威名、何等的身分，他因敬重胡斐捨身救人的仁俠心腸，竟與這個十餘歲的孩童義結金蘭。趙半山與他結義後，心中還感快慰平生。臨別時還關懷備至地詢問：「除了商家堡之外，賢弟是否還有什麼厲害的仇人對頭？」胡斐豪邁地回答：「不勞三哥掛懷，便是有什麼仇敵對頭，小弟也料理得了。」趙半山哈哈大笑，翹起大拇指讚道：「好！」飛身上馬，疾馳西去。臨別時留下黃金四百兩，幫助貧窮的小兄弟解除生計之憂，為他想得很周到。

歲月荏苒，數年之後胡斐已經長大。他在大鬧福康安的武林掌門人大會後，在北京陶然亭遇到陳家洛率領的紅花會一行人。陳家洛、霍青桐等紅花會群雄自回疆來到北京，卻為這日是香香公主逝世十年的忌辰，各人要到她墓上一祭。

胡斐在人群中聽到一個熟悉的聲音，激動之情溢於言表——

胡斐一躍而起，只見身後一人長袍馬褂，肥肥胖胖，正是千臂如來趙半山。胡斐對這位義兄別來無日不思，伸臂緊緊抱住，叫道：「三哥，你可想煞小弟了。」

趙半山拉著他轉過身來，讓月光照在他的臉上，凝目瞧了半晌，喜道：「兄弟，你終於長大成人了。做哥哥的今日親眼見你連敗大內十八高手，實在是歡喜得緊。」

兩人重逢的場面，寫得簡潔而動人。千言萬語，倉卒中歸結成寥寥數語，這是一個短暫的相聚。當晚，陳家洛率領群雄，舉手和胡斐、程靈素作別，上馬西去。趙半山和胡斐又相隔萬里，胡斐拜託常氏雙俠和倪氏昆仲，將馬春花的兩個孩子先行帶到回疆，他料理了馬春花的喪事之後，便去回疆和眾人聚會。

趙半山仁厚慈悲，溫和心軟之極。他千里奔馳，爲人報仇，抓住元兇陳禹。此人歹毒兇狠，趙半山幾次饒恕他，他卻再三致趙半山於死地，趙半山還是不忍施殺手，反而代他求情，放他活路。陳禹硬撐著逃出呂小妹的復仇刀刃，卻被燒紅的鐵壁燙死，這才大快人心。他的大俠風範，胡斐終生難忘。

趙半山在商家堡紛繁複雜的惡鬥現場，所傳授的《陰陽訣》，實以《周易》、《老子》的哲學原理分析上乘武功，既高深精微，又通俗實際，將太極拳博大精深之底蘊，揭示無餘。其中闡發的拳理，乃《老子》（《道德經》）「天下之至柔，馳騁天下之至堅。無有入無間」（四十三章）「柔弱勝剛強」（三十六章）等道家哲學原理在武學中的運用。由於已上升到哲學層次，故而這些精采的武學理論，也可使政治家、軍事家、企業家觸類旁通，受到啓發。

任何一門精深的學問，只有達到哲學的層次，才能達到最高的境界。趙半山已到此境界。

趙半山是金庸小說所描寫的眾多武學宗師中非常特殊的一位，可敬又可愛。他的大家風範和風采，是相當完美的，值得讀者引為楷模。

紅花會群雄，胡斐的同道之友

紅花會群雄除趙半山外，胡斐尚與多位晤面並敘友情。在福康安舉辦的「天下掌門人大會」上，坐在大廳居中太師椅上的四大掌門人中，位居第二的武當山太和宮觀主無青子道長，即是《書劍恩仇錄》中的陸菲青。大會攪散後，胡斐在北京城外又遇陳家洛與無塵道人，在陶然亭又與文泰來和駱冰、余魚同和李沅芷夫婦、常伯志和常赫志兄弟等人，各敘友情，大慰平生。

天下掌門人大會剛開始時，兩名三品武官先引進四大掌門人，分請入座。當先一人是白眉老僧，面目慈祥，高大威嚴，年齡在九十至一百之間，一望而知是個有道高僧，此即少林寺方丈大智禪師。第二位即是無青子。眾人見他是個七十來歲的道人，臉上黑黝黝地，雙目似閉似閉，形容頗爲委瑣。與前面高僧相比，貌相判若雲泥。人們見此道人，卻似個尋常施法化緣、畫符騙人的茅山道士。群豪見這道人委靡不振，形貌庸俗，都是暗暗奇怪，眾人不禁暗中忖思：不知他何以竟也算是「四大掌門人」之一？相比之下，第三位湯大俠，六十餘歲，精神矍鑠，雙目炯炯閃光，兩邊太陽穴高高鼓起，顯是內功深厚。第四位步履沉穩，氣度威嚴，方面大耳，雙眉飛揚有稜，是個滿洲武官，卻隱然是一派大宗師的身分。接著四大掌門人逐一站起來向群豪敬酒，各自說了幾句謙遜的話。無青子一口湖北鄉下土話，尖聲尖氣，倒有一大半人不懂他說些什麼。胡斐還暗自奇怪：「這位道長說話中氣不足，怎能為武當派這等大派的掌門，多半他武藝雖低，輩分卻高，又有人望，為門下眾弟子所推重。」胡斐竟和眾人一樣，有眼不識泰山，不知無青子是當代絕頂高手之一。

無青子也裝得很像。當常伯志、常赫志似鬼影似地從屋頂簷頭飄下，一掌擊敗第三、第四兩位掌門人，救走倪不大、倪不小孿生兄弟，又上屋簷而走，眾皆驚懼，只見少林寺的大智禪師垂眉低目，不改平時神態；武當派的無青子臉帶惶惑，似有懼色，一副窩囊無用的樣子。

掌門大會攪散後，胡斐在京郊陶然亭卻領略到此人的厲害：胡斐剛借刀殺敗九名藏僧，驀地背後一個蒼老的聲音叫道：「看劍！」話聲未絕，風聲颯然，已至背心。胡斐一聲：「此人劍法如此凌厲！」急忙回刀擋架，它知敵劍已然撤回，跟著又是一劍刺到。胡斐反手再擋，又是擋了個空。他急欲轉身迎敵，但背後他敵人的劍招迅捷無比，竟逼得他無暇轉身。他心中大駭，急蹤向前，躍出半丈，左足一落地，待要轉身，不料敵人如影隨形，劍招又已遞到。這人在背後連刺五劍，胡斐接連擋了五次空，始終無法回身見敵之面。他已處於必敗之勢，惶急之下行險僥倖，但聽得背後敵劍又至，這一次竟不招架，向前一撲，俯臥在地，跟著一個翻身，臉已向天，這才一刀橫砍，盪開敵劍。同時兩人都左掌拍出，雙掌相交，胡斐只覺敵人掌力甚是柔和渾厚，但柔和之中，卻隱藏著一股辛辣的煞氣。兩人同時叫道：「原來是你！」原來兩人掌力相交，均即察覺對方便是在福康安府中相救少年書生心硯之人，各自向後躍開數步。

胡斐凝神看時，見那人白鬚飄動，相貌古雅，手中長劍如水，卻是武當派掌門人無青子，不由得一呆。胡斐見他英氣勃勃，哪裡還是掌門人大會中所見那個昏昏欲睡的老道，甚以為奇。

無塵道人介紹道：「小兄弟，這個牛鼻子，出家以前叫做綿裡針陸菲青。你叫他一聲大哥吧。」胡斐一驚，心道：『綿裡針陸菲青』當年威震天下，成名已垂數十年，想不到今日有幸和他交手。」急忙拜倒。

原來陸菲青乃武當派大俠，壯年時在大江南北行俠仗義，名震江湖，原是屠龍幫中的重要人物。屠龍幫是反清秘幫，雍正年間聲勢十分浩大，後來雍正、乾隆兩朝厲行鎮壓，到乾隆七、八年時，終被剿滅殆盡。陸菲青遠走邊疆，在李可秀府中做教書先生，教其女李沅芷。他曾於剎那間以點穴手、大摔碑手、芙蓉金針連斃三個強敵。

陸菲青的武功卓特，且很有特色。《書劍恩仇錄》一開始即描寫李沅芷目睹他坐在書房裡，右手微微一揚，咱的一聲，一隻蒼蠅給釘上了板壁。不一刻，對面板壁上伏著幾十隻蒼蠅，每一隻蒼蠅背上都插著一根細如頭髮的金針。這針極細，隔遠了些即難以辨認。

這種飛針功夫，即芙蓉金針，非常神奇，今人難以置信。可是它有事實根據，因爲此技並未失傳，今日也有人會使。如上海《新民晚報》一九九四年一月二十四日轉載《北京青年報》的〈國賓的貼身衛士〉介紹國賓衛隊：「這支隊伍一直提倡的一種訓練方法是，一百天禁慾生活的氣功訓練。他們曾經多次向來訪國賓做過種種令常人看來不可思議的表演，比如用食指鑽透建築用磚，或用一根縫衣針穿透玻璃，或用手掌劈開一摞磚，或讓汽車從頭上壓過。」《新民晚報》一九九七年十二月十二日發表的〈飛針擒賊——記深圳市公安局特警劉宏〉介紹：

成立還不足兩年的深圳市公安局特警支隊，隊裡的民警個個都有一身絕技。新隊員劉宏的絕技與眾不同，竟是「飛」一支兩寸長的縫衣針。

二十四歲的劉宏來自山東臨沂，六歲開始拜師學武，十二歲那年，被濟南市體校看中，進入拳擊隊，一練就是四年。

高中畢業後，劉宏憑一身散打功夫，進入了武警山東省總隊特警隊。在特警隊裡，劉宏向特警隊裡身懷飛針絕技又兼特警隊教練的武繼刀學習飛針。

學習飛針之前，必須先練習基本功。劉宏從練習丟石塊開始，丟的石塊從小到大、從近到遠。還練氣功，練靜功，練吐納。練好了基本功，才開始用兩寸長的縫衣針天天往木板上飛。開始練習飛針時，每天飛針幾千下，手臂常常練得腫起來，吃飯時，筷子連菜也夾不起來。

現在，劉宏信手拋出的一根飛針，可以一下子穿透金魚缸三毫米厚的玻璃壁。根據專家測定，要讓一支普通的縫衣針高速穿過厚玻璃，飛針的時速必須達到每秒百米以上，而且飛出去的針不僅要保持一定的速度和力度，更要與玻璃表面成九十度直角。

劉宏外出，遠距離以飛針擒賊。此文介紹劉宏練出飛針神技的過程與方法，沒有氣功根柢不行。其速度每秒百米，已遠超過航天導彈的速度。劉宏的飛針絕技，與陸菲青的芙蓉金針堪稱伯仲，已難分高下了。

陸菲青在紅花會中屢立奇功，武藝超人，《書劍恩仇錄》中描寫甚詳。《書劍恩仇錄》的結尾，已是福康安召開掌門大會的十年之前。此時他因同門禍變，師兄馬鈺、師弟張召重先後慘死，武當派眼見式微，於是他接掌門戶，著意整頓。因恐清廷疑忌，索性便出了家，道號無青子，十年來深居簡出，朝廷和江湖兩方都未加注目。這次福康安召開掌門人大會，他理當受請。陸菲青年紀雖老，雄心猶在，他知道福康安此舉必不利於江湖同道，便孤身赴會，要探明眞相，俟機行事。廳內一切皆在他目中，連程靈素的一切表現也逃不過他的耳目，又假裝癡呆，暗中救護心硯，場上無人覺知。會後他和群雄重逢，又與胡斐較量，以武會友，欣快無比。也給胡斐一個人生經驗和教訓：以貌觀人，難識其眞。

紅花會中的趙半山、常氏兄弟和心硯等人，闖蕩掌門人大會，是來攪局搗蛋。而陳家洛、霍青桐等紅花會群雄自回疆來到北京，卻爲這日是香香公主逝世十年的忌辰，各人要到她墓上一祭。

胡斐自掌門人大會攪散後出城，路上邂逅陳家洛，竟錯以爲他是福康安，幾次上前攻擊，皆被對方隨手擊退；獨臂道人無塵拔劍相鬥，被陳家洛勸阻，兩人相約今晚三更陶然亭比武。兩人在不到一盞茶的功夫，拆解了五百餘招，其快驚人。後知陳家洛不是福康安，胡斐因起先罵他們爲滿清的鷹犬奴才，又錯攻陳家洛，拜倒在地，說道：「小人瞎了眼珠，冒犯總舵主，實是罪該……」陳家洛不等他說完，急忙伸手扶起，笑道：「『大丈夫只怕正人君子，哪怕鷹犬奴才？』我今日一到北京，便聽到這兩句痛快淋漓之言。小兄弟，便憑你這兩句話，我們便不枉了萬里迢迢的走這一遭。」趙半山又告訴胡斐：「總舵主跟你交了一掌，很稱讚你武功了得，又說你氣節凜然，背地裡說了你許多好話呢。」

胡斐初見陳家洛時，發現陳家洛「臉色憂鬱，似有滿懷心事。」他爲香香公主祭奠而來，心懷悲傷，臉色自然憂鬱。更且反清復明事業的前途渺茫，心境上更添憂愁。金庸在《書劍恩仇錄》的〈後記〉中說：

海寧在清朝時屬杭州府，是個海濱小縣，只以海潮出名。近代的著名人物有王國維、蔣百里、徐志摩等，他們的性格中都有一些憂鬱色調和悲劇意味，也都帶著幾分不合時宜的執拗。陳家洛身上，或許也有一點這幾個人的影子。

陳家洛實是一個悲劇性的人物，身爲紅花會總舵主，實缺乏反清復明的政治才能和謀略。作爲一個俠士，他的信條是「救人危難，奮不顧身，雖受牽累，終無所悔。」頗有大俠的氣度。

獨臂道人無塵是紅花會二當家，劍術之精，當世數一數二。他與三當家趙半山及多位英雄陪同陳家洛、霍青桐來京，路遇胡斐，胡斐錯以爲陳家洛是福康安，上前攻擊，無塵道人上前阻擋，連刺八劍，皆被胡斐單刀擋住，兩人又約當晚三更在陶然亭比武，不到一盞茶功夫，兩人已拆解了五百餘招，以快打快，打得極為痛快。胡斐知他是無塵道人，想不到自己竟能和他拆到數百招不敗，不由得心頭暗喜。

無塵道人和胡斐的刀劍相搏，難分敵手，胡斐又連勝清宮侍衛「四滿、五蒙、九藏僧」，即舉世聞名的「大內十八高手」；那無青子陸菲青在福康安的掌門人大會上觀看眾高手比武有半日之久，今夜又見無塵道人與胡斐比武和兩人與大內高手惡鬥，早已技癢難忍，他忍不住偷襲胡斐，與胡斐比武也如棋逢敵手，很覺過癮，前已言及。比武才罷，只聽無塵道人笑道：「菲青兄，你說我這個小老弟武功如何？」無青子笑道：「能跟無塵道人鬥得上五百招，天下能有幾人？老道當真是孤陋寡聞，竟不知武林中出了這等少年英雄。」說著長劍入鞘，上前拉著胡斐的手，好生親熱。

接著趙半山拉著他一一給群雄引見，胡斐與心儀已久的眾多好漢相見，喜慰無已。其中，文泰來、駱冰夫婦於胡斐有恩：駱冰贈送寶馬，文泰來在剛才胡斐徒手被九名藏僧包圍時擲刀相助，胡斐大獲全勝。胡斐向他倆連連稱謝。心硯和常氏兄弟下午到掌門人大會來搗亂攪局，胡斐已然見過，此次再見也十分親熱。心硯也向胡斐道謝在福康安府中解穴相救之德。

胡斐與紅花會群雄的友誼與感情有四重因緣：一則三當家趙半山是胡斐半師半友的恩人；二則女友袁紫衣與紅花會深有淵源；三則都是反清義士；四則都是江湖豪俠，義薄雲天又藝高雲天，互相惺惺相惜。因此胡斐在紅花會群雄告別西去時，拜託常氏雙俠和倪氏昆仲，將馬春花的兩個孩子先行帶到回疆，他料理了馬春花的喪事之後，便去回疆和眾人聚會。胡斐與紅花會群雄心心相印，極願同心合力，共舉大業。

胡斐沒有父母、沒有妻室，孤身一人，闖蕩江湖。胡斐在故鄉並無地產老屋，自少年時代起便遨遊天下，漂泊四方，居無定處，無家可歸。所以去回疆和紅花會相聚，是他唯一的歸宿。紅花會雖缺乏英明的政治領袖，不足以成反清之大事，但紅花會首領陳家洛與群雄皆正氣凜然，德藝雙絕，上下團結，肝膽照人，是一個非常正派、和諧的幫會，其行爲準則是：「一救仁人義士，二救孝子賢孫，三救節婦貞女，四救受苦黎民」；「一殺大清國奴，二殺貪官污吏，三殺土豪惡霸，四殺凶徒惡棍」；其四大戒條是：「投降清廷者殺，犯上叛會者殺，出賣朋友者殺，淫人妻女者殺。」作爲反清俠士之後代和嫉惡如仇的胡斐，紅花會的行爲準則和戒條都十分切合他的心意，紅花會是他最好的歸宿。

紅花會有十四位「當家」的首領，依次爲：總舵主陳家洛，追魂奪命劍無塵，千手如來趙半山，奔雷手文泰來，西川雙俠常赫志、常伯志兄弟，武諸葛徐天宏，鐵塔楊成協，九命錦豹子衛春華，駝子章進，鴛鴦刀駱冰，鬼見愁石雙英，銅頭鱷魚蔣四根和金笛秀才余魚同。胡斐已與多位紅花會的當家英雄結下戰鬥的友誼，互通聲氣，成爲知音。因此紅花會是胡斐反清舉義、行俠仗義的安身立命之所。

在《飛狐外傳》與《雪山飛狐》之間的空白時間中，金庸未敘及胡斐是否已入紅花會；但可設想，如果胡斐最後在懸岩上與苗人鳳講和生還，與苗若蘭共結良緣後，必會去回疆與紅花會群雄相聚，共襄反清之大業。

袁紫衣，胡斐無望的情人

袁紫衣，是化名。她法名圓性，是一位自幼出家的尼姑，是武藝高強智勇雙全的美貌女俠。

袁紫衣，因母親姓袁，自己俗家打扮時喜穿紫色衣裳，且又是「緇衣」（僧尼之服。緇，音資，黑色，黑衣）的諧音，故用此名對付胡斐和現身江湖，不讓任何人知道自己的法名和眞實身分。

袁紫衣有一個慘痛的身世。她的生母袁銀姑是漁家少女，容貌美麗，但因皮膚黝黑，佛山鎮上的青年子弟稱她爲「黑牡丹」。一天鳳天南擺酒請客，銀姑挑一擔魚送入鳳府，恰被鳳天南瞧見，被他姦污。她連魚錢也沒收，逃回家裡。後來竟發現已懷孕，她父親問明情由，去鳳府論理，被鳳老爺叫人打了一頓，回家後，一病不起，氣憤而死。銀姑被族人趕出，連夜逃到佛山鎮上，流落街頭，生下女兒後，只賴乞討度日。

鎮上一個漁行的夥計向來和銀姑說得來，見她淪落街頭，便娶她爲妻。拜堂成親那天，鳳天南獲悉此事，派了十多個徒弟去打砸搗亂，趕走這個夥計，不許他回鎮，並將他活活打死在郊外的大路上。

銀姑帶著女兒連夜冒雨逃出鎮外去追丈夫，追到的卻是伏屍荒郊的悲痛結局。

銀姑帶了女兒從廣東佛山逃到湖北，投身湯沛府中爲傭。湯沛人面獸心，他仁義之名遠播，號稱大俠，見銀姑美貌，竟強逼她相從，銀姑羞憤交加，懸樑而死。

圓性成爲孤女，且不滿一歲，母死第三天，幸蒙峨嵋派中一位輩分極高的尼姑將她救出，帶到天山，自幼給她落髮，並親授武藝，將她撫育成人。

圓性自小與紅花會群雄親密相處，因爲她師父的住處與紅花會群雄和天池怪俠袁士霄相近，平日切磋武學，時相往來。圓性天資極佳，向師父學到高深繁複的出色武功，但她天性好學又好強，向陳家洛、霍青桐及眾多英雄，乃至心硯，都學到或多或少的功夫。尤其是天池怪俠袁士霄老來寂寞，時日多暇，喜愛這個靈慧機警的女孩，對她多有傳授。袁士霄於天下武學，幾乎無所不知，圓性得其傾囊相授，更兼紅花會十幾位明師的悉心指點，故而她的武藝能兼各派之長，更能輔以機變智巧，已近一流高手之境。

十九年後，圓性稟明師父，南下湖廣，為母報仇。鴛鴦刀駱冰託她帶上白馬，贈給胡斐，所以她騎著千里良駒，飛馳中土。趙半山向她介紹胡斐時稱美備至，讚不絕口。圓性少年性氣，心中很不服氣。

紫衣先到廣東佛山，要瞧瞧這位鳳老爺到底是怎樣一個人物。也是機緣巧合，她不但救了他的性命，還探聽到天下掌門人大會的訊息。她有事未了，不能趕去回疆報訊，於是一路由南到北，做了三件大事：一是與胡斐從廣東較量到北京，兩人有了徹底的了解，無形中萌發情絲，又毅然斬斷情絲而別；二是三救鳳天南，然後欲親報殺母之仇；三是一路搏鬥廝打，搶得十三家半的掌門人頭銜，最後在北京闖入福康安的天下掌門人大會，大鬧一場，與胡斐和紅花會群雄一起攪散了福康安的陰謀，她才孑然一身飄然西去，與胡斐毅然訣別。

袁紫衣有三個出眾的特點，第一便是容貌出眾，武功出眾，是個才貌雙全的女俠。

袁紫衣初現江湖，便先聲奪人。《飛狐外傳》用胡斐的視角描繪她身手不凡的出眾形象：

胡斐縱馬疾馳，過馬家鋪後，將至棲鳳渡口，猛聽得身後傳來一陣迅捷異常的馬蹄聲響，回頭一望，只見一匹白馬奮鬣揚蹄，風馳而來，當即勒馬讓在道旁。剛站定，耳畔呼的一響，那白馬已從身旁一竄而過，四蹄竟似不著地一般。馬背上乘著一個紫衣女子，只因那馬實在跑得太快，女子的面貌沒瞧清楚，但見她背影苗條，穩穩地端坐馬背。

後來在楓葉莊萬老拳師萬鶴聲的靈堂上，萬氏三徒弟比武時，袁紫衣闖來攪局，胡斐方見到她的眞面目：

胡斐早已看清來人是個妙齡少女，但見她身穿紫衣，身材苗條，正是途中所遇那個騎白馬的女子。她背上負著一個包袱，卻不是自己在飯鋪中所失的是什麼？只見她一張瓜子臉，雙眉修長，膚色雖然微黑，卻掩不了姿形秀麗，容光照人。

其膚色、容貌顯與其母「黑牡丹」銀姑相似。此後胡斐與她相處數日，漸生情意，袁紫衣與他分手後，她那巧笑嫣然的容貌，總是在胡斐的腦海中盤旋來去，永遠不能忘懷。

紫衣一路與人角鬥，其俊俏的容貌總是引得眾人注目，雖曾在楓葉莊被劉鶴眞作爲譏刺何思豪的話頭，針對他「兄弟奉福大帥之命，邀請天下英雄豪傑進京」，讚美紫衣在各派掌門人中「從無一位如此年輕，如此美……當眞是英雄出在年少，有志不在年高」之言，甚至嚎啕大哭，叫道：「萬鶴聲啊萬鶴聲，人家說你便是死而復生，也敵不過這位如此年輕、如此貌美的姑娘，當眞是佳人出在年少，貌美不可年高啊。」一般說來，不管敵友，對她的美貌都十分欣賞。後來在掌門人大會上，回到尼姑身分的圓性逼戰湯沛，當眾揭出湯沛逼淫民女銀姑的劣跡。湯沛認出她是銀姑的女兒，對鳳天南冷笑道：「你瞧瞧這小尼姑，跟當年的銀姑有什麼分別？」鳳天南大吃一驚，雙眼瞪著圓性，怔怔的說不出話來，見她雖作尼姑裝束，但秀眉美目，宛然便是昔日的漁家女銀姑。

圓性時年二十歲，與十九年前的銀姑年齡應相彷彿，再加得其母遺傳，相貌酷似，故而在湯、鳳看來，與當年的銀姑宛然一人，幾無區別。

紫衣武藝出眾，不僅在各種場合擊敗眾多好漢、掌門名俠和侍衛高手，甚至前輩英雄如劉鶴眞，甚至連胡斐與她一路較量，也難分雌雄，欽佩她武功淵博，智計百出，每次與她較量，總是給她搶了先著。

袁紫衣第二個特點是聰慧出眾，智計百出。她口齒伶俐善辯，臨陣對敵善於變化創新，智計百出，以巧爭勝。如她連勝少林韋陀門萬鶴聲的三個徒弟，分別用六合刀法、六合槍和赤尻連拳，但劉鶴眞卻要與她鬥鎮門之寶，但她不知少林韋陀門的鎮門之寶是什麼，被劉鶴眞譏笑，袁紫衣臉上微露窘態，但一瞬間之後又平靜如常，反駁道：「本門武功博大精深，練到最高境界，即令是最平常的一招一式，也能橫行天下。六合刀也好，六合槍也好，哪一件不是本門之寶？」劉鶴眞是惱恨她冒充本門子弟來奪掌門人之位，聽了此言也不禁暗自佩服，她明明不知本門的鎮門之寶是什麼武功，然而這番話冠冕堂皇，令人難以辯駁；想來本門弟子人人聽得心服。於是點穿說：「好吧，我教你一個乖。本門的鎮門之寶，乃是天罡梅花樁。」袁紫衣立即冷笑著反駁：「嘿嘿，這也算是什麼寶貝了？我教你一個乖。武功之中，越是大路平實的，越是貴重有用。什麼梅花樁、尖刀陣，這些花巧把式，都是嚇唬人、騙孩子的玩意兒。」用堂堂正正之言，掩飾自己對「本門的鎮門之寶」的無知，給對手迎頭痛擊。劉鶴眞雖是老辣的武林前輩，譏刺福康安的侍衛何思豪的言辭犀利，惡謔連篇，面對這個伶牙俐齒的少女，卻一籌莫展，無辭可對，只好立即出手，連丟三十六只酒碗，排成天罡梅花樁，雙足飄上倒合酒碗組成的梅花樁向袁紫衣挑戰。紫衣不知此功練法，全賴高超的輕功，躍上碗底。劉鶴眞的六合拳，非袁紫衣可敵，在三十六只酒碗的排列上游鬥，又從未預作練習，她在連拆三十餘招後漸落下風，只能賴機變以智巧勝敵：在六合拳中變出槍法、刀法，劉鶴眞無法招架，跌下碗來，幸虧胡斐暗中相助，神不知鬼不覺地從遠處丟過兩只酒碗，也是碗底朝上，正好塡在劉鶴眞的兩個腳底之下。袁紫衣以指化槍，以手變刀，出的雖然仍是六合槍、六合刀的功夫，但是韋陀門中從無如此怪異的招數。劉鶴眞驚疑不定，抱拳恭敬相問：「姑娘武功神妙，在下從所未見，敢問姑娘是哪一門哪派高人所授？」雖已認輸，卻不承認她是本門弟子。袁紫衣只好答應只用六合拳相鬥，於是兩人再戰。數招一過，劉鶴眞又漸搶著上風，袁紫衣必敗無疑，但她奇計在胸。她一面過招，一面在一足提起時將酒碗輕輕帶起，放下時那酒碗已翻了過來，雙足交替，片刻之間已翻了三十六只，她的雙足交替踏著碗口游走，最後只剩下劉鶴眞雙腳所踏的兩只尚未翻轉，劉鶴眞自知這一手輕功遠不及對手，如果出足，立時踏破酒碗，只能駐足不動，呆立少時，臉色淒慘，當眾承認：「是姑娘勝了。」黯然下場。

袁紫衣後來的幾次比武、決鬥，都賴智勝，與她交手的強敵都只好甘拜下風。

袁紫衣的聰慧過人更表現在兩件事情上。其一，她跟蹤胡斐，後來跟蹤胡斐和程靈素兩人，都做到神不知鬼不覺。胡、程也都是靈慧過人的高手，他們竟無法預防袁紫衣，他們的舉動、講話，則常在袁姑娘的耳目之中，他倆對此不由得不佩服。反過來，胡斐想尋找袁紫衣，卻又音跡全無，一籌莫展。

其二，袁紫衣向湯沛報殺母之仇，思維周密，計謀巧妙。她在湯沛帽中預先暗藏僞造的湯沛「勾結紅花會」的密信，內力深厚、武功高強的湯沛竟木然不覺。在掌門人大會上，她見程靈素放毒性爆竹，用計砸碎福康安讓天下群雄爭奪的玉杯，乘廳內大亂，將砸碎玉杯歸罪於是湯沛「膽大妄爲，暗施詭計」的結果；又當眾指斥他「和紅花會暗中勾結，要拆散福大帥的天下掌門人大會」。當場指出帽內藏信，作爲物證；她還巧妙地利用福康安手下的衛士首領王劍英、周鐵鷦被自己打敗，需要遮醜的心理，請他們出頭當人證；更揭出他當年逼姦銀姑的罪行，剝下他「扶危解困、急人之難的大俠」的虛假外衣，使這個奸刁之徒原形畢露，又令福康安深信湯某勾結紅花會，達到借刀殺人、以毒攻毒的目的。

袁紫衣第三個特點是俠骨柔腸，意志堅強。她墮入情網，卻能自拔。面對胡斐這樣智勇雙全、仁義忠信、武藝高強，又兼言行幽默、性格開朗的如意郎君，袁紫衣不免心動，卻終能懸崖勒馬，牢記師教，堅持修行，具有鋼鐵般的堅強意志。

她自己退出情場，同時又有成人之美。在她慧眼的觀察下，深知程靈素的品格高尚、才藝高超，又深愛胡斐，所以她推波助瀾，真誠地想促成胡程之戀，給予適當而又有力的暗示。

袁紫衣又看出福康安興辦天下掌門人大會，一因學唐太宗，網羅普天下英雄，供朝廷驅使；二因距他被紅花會囚禁之日已滿十年，料想紅花會群雄在今年秋冬之交要來北京，他藉故先行召集各省武林好手，利用他們對抗紅花會。袁紫衣的眼光既具政治性又有穿透力，是一個有清醒頭腦的傑出人才。

胡斐對袁紫衣生情，首先因她騎著趙半山當年的坐騎，後知她是來自回疆，與趙半山等紅花會群雄深有淵源，第二是容貌出眾，兼之武藝出眾，令他欽敬。他第一次看到她與人比武，三招即制服名門高足孫伏虎。他自忖，要三招之內打敗孫伏虎並不為難，但最後一刀勁力拿捏如此之難——她在第三個回合，左手倏出，在孫伏虎手腕上一擊，單刀則自上而下急斬，只聽噹的一聲，孫伏虎單刀落地，她的單刀已架在他的頸中。在場眾人齊聲驚呼，眼見她一刀急斬，便要人頭落地。哪知她這一刀疾揮而下，勢道極猛烈，卻忽地收住，刃口剛好與他頭頸相觸，連頭皮也不劃破半點。——這手功夫眞是匪夷所思，自己只怕尚是有所不及。

胡斐與紫衣在半路相遇，兩人比武交手，袁紫衣以軟鞭對付胡斐的鋼刀，胡斐心中驚異她武功好生了得，她以軟鞭梢打穴，已是武學中十分難得的功夫，何況中途變招，將一條又長又軟的銀絲纏就之鞭使得宛如舞動手指一般自如，擊打穴道，竟無毫厘之差。他雖未落敗，臉上卻給她掃了一鞭。接著她又與路邊倉卒相遇的藍秦及侍衛等搏鬥。她輕巧地擊敗兩個侍衛，還將曹侍衛的長劍激飛上天，竟有數十丈高。她一面逼藍秦讓出他的八仙劍掌門之位，藍秦正仰頭望著天空急落而下的長劍，她卻一面說話，一面聽風辨器，長劍落下時，一伸手便抓住了劍柄。長劍從數十丈高處落將下來，勢道極爲凌厲，她竟眼角也沒斜一下，隨手便避過劍刃，抓住劍柄。這手功夫，在場者無不震驚，連旁觀的胡斐也暗自佩服，見她尚是妙齡，武功卻如此了得，生平所見，除趙半山外，尚未遇到過如此的武學高手，心中一起讚佩之意，連臉上的鞭傷似乎也減輕了不少疼痛。

胡斐對袁紫衣的靈慧機變，自然也極爲欣賞，尤其是他聽袁紫衣說福康安張羅天下掌門人大會，便請教她福康安的目的爲何，袁紫衣一語道破此人的陰謀：「他王公貴人，吃飽了飯沒事幹，找些武林好手消遣消遣，還不跟鬥雞鬥蟋蟀一般。只可嘆天下無數武學高手，受了他的愚弄，竟不自知。」胡斐佩服她的高見，明白「原來姑娘一路搶那掌門人之位，是給這個福大帥搗亂來著。」袁紫衣笑著再次動員他：「不如咱二人齊心合力，把天下掌門人大會之位先搶他一半。」要把「那大會鬧得七零八落，不成氣候。咱們再到會上給他一鬧，教他從此不敢小覷天下武學之士。」說得胡斐連連鼓掌，激動地響應：「好，就這麼辦。姑娘領頭，我跟著你出點微力。」兩人的關係由此進入更深一層的親密程度，即「齊心合力」的程度。此時，袁紫衣已在胡斐的包袱中暗贈玉鳳凰，可見她已芳心暗許，只待水到渠成了。

誰知胡、袁之戀，至此卻急轉直下。鳳天南率眾於此時也逃入古廟避雨，胡斐拔刀報仇，卻因紫衣的相勸、阻止而功差一簣，兩人還爲此生死搏殺一番，鳳天南父子乘機逃逸，胡袁兩人從此失散。袁紫衣想到自己的出家人身分和此生必須修行的誓言，毅然割斷情絲。她始則企圖促成程靈素與胡斐的戀情，繼則以出家人的眞面目在掌門人大會亮相，讓胡斐斷了此念，最後兩人在生死關頭也絕不分離的情況下卻又意外獲勝，於是——

圓性雙手合十，輕唸佛偈：
「一切恩愛會，無常難得久。
生世多畏懼，命危於晨露。
由愛故生憂，由愛故生怖。
若離於愛者，無憂亦無怖。」
唸畢，悄然上馬，緩步西去。

小說以白馬的「縱聲悲嘶」作結，留下嫋嫋餘音，表達無限惆悵。袁紫衣——圓性，以理智戰勝感情，將自己心中的熱情用佛性的冰水澆滅，心如死灰，與胡斐訣別。佛偈中冰冷的語句，雖然無情，卻道盡情愛的終落虛無，和人生的終極指歸。世間一切有情人，即使終成夫妻，「夫妻雖是同林鳥，大限到來分頭飛」，最終還得永相離。即使情篤者相約生生世世永不相離，誠如王靜安《蝶戀花》詞之所言：「終使茲盟終不負，那時能記今生否？」《紅樓夢》作者要揭示的也是這個眞理。

關於袁紫衣這個藝術形象，研究者的評價頗有分歧。舒國治《讀金庸偶得》認爲：

聰明、活潑、刁鑽、機靈，是許多金庸書中女子的特色。像《飛狐外傳》中的袁紫衣（圓性）在福康安府，言辭咄咄，先發制人，將湯沛陷於百口莫辯……

又舉《天龍八部》的阿朱、《俠客行》的阿繡、《倚天屠龍記》的趙敏、《笑傲江湖》的任盈盈和大名鼎鼎的黃蓉等爲例，與之並列，統加讚美。

吳靄儀《金庸筆下的女子》則批評說：

袁紫衣在《飛狐外傳》的作為漫無意義。開始是不停作弄胡斐，接著是不斷搶掌門人做。若她是出家人，為何任性胡鬧若此？又為何主動向單身男士贈送玉鳳凰？出家人居然隨身攜著一對玉鳳凰，又有什麼解釋？不停搶掌門人做，解釋是跟福康安的掌門大會搗蛋，但天下門派這麼多，她搶得幾成？這解釋難道不牽強？其實，她三救鳳天南，故事也牽強得很。這許多牽強，不外為製造一堆不大有趣的情節、不大動人的戲劇場面。

袁紫衣是個空洞角色。

《武俠小說鑑賞大典》（漓江出版社一九九四年版）也認爲：

袁紫衣這個人物雕琢痕跡較重，為追求戲劇化效果，而有傷人物行事處世的邏輯性。比如說為了「方便」便改成俗家少女裝束，對胡斐私贈玉鳳凰，使他情難自己，隨後又突然還原成尼姑，雖一心愛胡斐，卻絕不肯還俗。將之解釋成「一心向佛」或「有誓言約束」，均很牽強。至於搶做掌門人，更是莫名其妙，天下門派眾多，她如何搶得贏，憑此對掌門大會能構成什麼損害呢？因而，雖然作者明顯地要為她的情感悲劇渲染一個黯然神傷、無可奈何的悲劇效果，但其打動人的力量遠不及那位同樣愛著胡斐的貌不驚人的程靈素。原因在於，後者要真實得多。

這兩段批評，全面而深入，卻不能說正確。袁紫衣年方二十，身懷高超武藝，正是好動的年齡，她又生性活潑，靈動機變。她單騎東行，為母復仇。三救鳳天南，儘管是她拜別師父，東來中原時師父關照：「你父親作惡多端，此生必遭横禍。你可救他三次，以了父女之情。」此後即可報仇。但從她本意講，考慮到此人奸惡，凌辱慈母，但自己的生命卻是此人給的，佛洛依德的戀父情結這一天性，也在暗中起著作用，故有此舉；在客觀上講，猶如貓捉住鼠後，總要放放捉捉、戲弄一番之後再吃掉牠，袁紫衣這三救，便有這個效果，使鳳天南不是爽快的被一刀劈死，而是受盡心理折磨，然後才死於非命。而當鳳天南斃命時，她竟驚呼：「爹，爹，……你……怎麼啦？」還扶起他急視，父女之情的天性，尚未泯滅。小說寫出人心理的複雜性，小說的情節也隨之而起伏跌宕，一波三折，懸念叢生，出奇制勝。另外，袁紫衣也知不可能奪盡天下掌門人的權柄，她年輕氣盛，藝高好勝，一路上撞上的掌門人，她便挑釁決鬥。她在天山，是在友愛的環境中長大，學成武藝，難試鋒芒。現在通過一系列與強手比武、角鬥的實戰，大過其癮，至於掌門人，奪到多少是多少，即使口稱奪天下掌門人，也是故意誇大其辭的宣傳口號，少女頑皮、戲弄對手的玩笑話。但不管奪到多少掌門人，她一路張揚而來，化莊嚴爲笑謔，的確殺了參與者的威風，敗壞了群英聚會的氣氛，狠煞了發起者的陰謀氣焰。

至於胡、袁相戀，一則因兩人年齡、才貌相當，互相欽佩、相悅；二則兩人因不服對方才藝高超，互不買帳，在比鬥之中從「不打不相識」到惺惺相惜，從而暗生戀情。胡斐與袁紫衣爲鳳天南而翻臉相搏之後，兩人分手。胡斐回想起袁紫衣武功淵博，智計百出，每次與她較量，總是給她搶了先著。適才黑暗中激鬥，唯恐慘敗，將她視作大敵，此時回想，嘴角邊忽露微笑，胸中柔情暗生。而袁紫衣起先故意挑釁，偷走胡斐的包袱，兩人相爭相奪，一路又與他人相鬥，趣味橫生；與易吉比武時，得胡斐之助，紫衣才獲勝而安然撤走；一路上袁紫衣見胡斐模樣老實，說話卻甚是風趣，心中更增了幾分喜歡，笑道：「怪不得趙半山那老小子誇你不錯！」胡斐見她騎白馬飛跑，自己絕追不上，便跳上馬背，兩人共騎，她微微聞到背後胡斐身上的男子氣息，冒著大雨飛馳，尋到一個古廟躲雨。自同騎共馳之後，袁紫衣心中微感異樣。她與胡斐的感情便這樣在共同相處之中自然地發生，非常符合青春少女與才貌相當的異性青年相戀的心理和進展過程。贈他玉鳳凰是戀愛心理的自然流露。但冷靜下來，她想到自己的出家人身分和立志修行的人生宗旨，硬是割斷情絲，意志堅毅，也在情理之中。她練成高超的武功，除天賦過人外，靠的也是意志堅毅，才能刻苦有成。同時，在練成武功的過程中，更鍛鍊出鋼鐵般的堅強意志。天下人，天下事，無奇不有。《飛狐外傳》用生動的形象筆調，寫出圓性因人生悲劇而皈依佛教，後又因奇妙的人生經歷和人類性的無形支配而落入情網，卻能在冷靜時及時反思而毅然掙脫情的羈絆，克服自己一時的動搖，回歸佛教，堅持走修行之路。比較像關漢卿的大悲劇《竇娥冤》中的普通女子竇娥，出於自己堅強的意志甘願犧牲自己的生命，那麼像圓性這樣的出眾女俠，爲人生信仰而割捨棄愛情，雖然迥異常人，獨特而罕見，卻也是眞實可信的。袁紫衣搶得多家掌門，與胡斐又發生短暫的情愛，最後卻如徐志摩詩的名句所云：「揮一揮衣袖，不帶走一片雲彩。」這便使讀者對她充滿同情和悵惘，取得很強的藝術效果。

紅粉知己程靈素

程靈素的爹媽已經過世。她才十、六七歲，身形卻如十四、五歲的幼女。她的名字靈素，從中國古代兩大醫經「靈樞」和「素問」中各取一字，很符合她的特長。

程靈素的師父毒手藥王，名聲極大，人人聞名而色變，因爲中了他的毒，無可救藥。毒手藥王脾氣非常暴躁，而本領又非常高強，橫行江湖，無人能敵。他後來出家，法名大嗔；經過修性養心，頗有進益，於是更名一嗔。他收程靈素做徒兒的時候，法名已叫作微嗔，死前三年，改作無嗔，此時已大徹大悟，無嗔無喜。胡斐相識程靈素時，無嗔大師業已亡故。

程靈素是無嗔大師晚年所收最小的徒兒，無嗔見她仁義淳厚，又極其聰明靈慧，因而將通身絕技傾囊相授。

程靈素身懷絕技，相貌卻平平。胡斐初遇她時，她抬頭朝胡斐一瞧，一雙眼睛明亮之極，眼珠黑得像漆，這麼一抬頭，登時精光四射。亮得異乎尋常的眼睛，使胡斐心中一怔。可是她肌膚枯黃，臉呈菜色，頭髮又黃又稀，雙肩如削，身材瘦小。

程靈素下毒的方法多樣而高明。胡斐和鍾兆文初到她住的小屋中，廳上有盆小白花叫做醍醐香，花香醉人，極是厲害，聞得稍久，便如飲許多烈酒，醉倒不醒。鍾兆文不敢喝她的茶、湯，其實內放解藥，於是醉倒。在樹林裡，她與師兄姜鐵山、薛鵲夫婦和慕容景岳會面，告知他們師父已亡故，出示師父手諭，預知他們必要攻擊自己，威逼自己交出師父傳下的《藥王神篇》，在對話時，暗中點燃用劇毒藥物「七星海棠」做成的蠟燭，在衣衫上又暗放「赤蠍粉」，使兇惡的師兄、師姊中毒。她做事思維嚴密，計謀複雜、曲折、周到，終於使二師哥姜鐵山明白：事事早在這個小師妹的算計中，自己遠非其敵，終於死心塌地，息了搶奪師父遺著《藥王神篇》的念頭。胡斐心中也欽服不已，萬想不到用毒使藥，竟有這許多學問；這個貌不驚人的小姑娘用心深至，更非常人所及；後來更佩服「她年紀還小我幾歲，但這般智計百出，我枉然自負聰明，哪裡及得上她半分。」望著她似乎弱不禁風的身子，胡斐甚至心下感到好生慚愧：「你什麼都想到了。我年紀是活在狗身上的，有你十成中一成聰明，那便好了。」實際上胡斐本人機變百出，靈活多智，但與程靈素相比，還是自愧遠遠不如。

程靈素初見胡斐即有好感，因爲他問路時，程靈素不答，反而要他爲自己挑糞水澆花，挑來的糞水不合要求，又令他重挑，胡斐認眞完成後，又送他解毒的藍花；到她屋裡，胡斐放心地吃她飯、菜、湯，毫不懷疑她使毒。胡斐見她處於險境時擋在前面，出手擊敵。程靈素漸漸對胡斐萌生愛意，發現胡斐珍藏著一只玉鳳凰，猜到是哪一位美姑娘所贈，心中非常痛苦。胡斐見她心思細密，處處占人上風，任何難事到她手上，無不迎刃而解，但他心中已有袁紫衣，當然不肯移情別戀。程靈素恨自己貌醜，胡斐心中卻想：「你雖沒袁姑娘美貌，但絕不是醜丫頭。何況一個人品德第一，才智方是第二，相貌好不好乃是天生，何必因而傷心？」胡斐大是憐惜這位事事聰明的純眞少女，索性要求說：「你我都無父母親人，我想和你結拜爲兄妹，你說好麼？」當時胡斐先說：「我有一件事相求，不知你肯不肯答允，不知我是否高攀得上？」程靈素身子一震，顫聲道：「你……你說什麼？」胡斐從她側後望去，見她耳根子和半邊臉頰全都紅了。這是因爲程靈素雖已知胡斐收下別的姑娘的玉鳳凰，自己又長得不美，難以吸引胡斐，心中悲傷，理智告訴她，自己雖心愛胡斐，卻是沒有希望的；但當胡斐此問出口，她以爲胡斐大約要向她求愛，心存僥倖之想。但胡斐講出求拜兄妹，她失望而又痛苦，所以她的臉頰刹時間變爲蒼白，大聲笑道：「好啊，那有什麼不好？我有這麼一位兄長，當眞求之不得呢！」她因痛苦、失望而語帶譏諷，使胡斐感到頗爲狼狽。但她馬上微帶狂態，爽快地與胡斐拜天、磕頭，結成了兄妹。

此後程靈素陪著胡斐出生入死，同舟共濟，尤其是闖入掌門人大會時，程靈素配合胡斐，扮成一個弓背彎腰、滿臉皺紋的中年婦人。當冒充毒手藥王的石萬嗔帶著她的大師兄慕容景岳和三師姊薛鵲這對「新婚」夫婦進場並發威後，石先生大模樣的在田歸農身旁的太師椅中一坐，程靈素的目光始終不離這「師徒」三人，此時只見石萬嗔慢慢轉過頭去，和田歸農對望了一眼。兩人神色木然，目光中全無示意，但程靈素心念一動，已然明白：「他兩人早已相識……」忽又想到：「田歸農用來毒瞎苗人鳳的斷腸草，原來是這人給的。」接著程靈素在三個施毒高手面前巧妙放毒，幫助胡斐、圓性等人攪散掌門人大會，並乘亂救出與會群豪。

沒想到石萬嗔等三人埋伏在馬春花斷氣的床下和門後，突然襲擊。胡斐中石萬嗔的劇毒，命危旦夕。程靈素吸出胡斐身上的毒血，用自己的生命換回胡斐的生命。臨死前對胡斐講：我疑心是石萬嗔這個師叔的毒藥害死了你爹爹。她又安排好巧計，在死後用妙計毒殺了慕容景岳和薛鵲，毒瞎石萬嗔的雙眼，留著他讓胡斐親手為胡一刀夫婦和自己報血海深仇。

胡斐將程靈素的骨灰埋葬在父母胡一刀夫婦的墳邊，讓她與自己的父母長眠在一起。

程靈素醫藥方面的學問高深，海內獨步；又極其機變靈慧，可與袁紫衣媲美，兩人各有所長，都是胡斐的紅粉知己。程靈素爲了愛，無私奉獻出自己的生命，悲苦地死去。她孑然一身，沒有過過幸福的日子，就少年喪生，應了張愛玲的一句名言：「長的是磨難，短的是人生。」她即使活下去，得不到所愛，也還是如此。

苗人鳳和苗若蘭父女

苗人鳳誤以爲胡一刀害死他父親，與田歸農、范幫主等向他尋仇。在滄州平安客店，與胡一刀大戰五日，幾乎難分勝負。兩人不打不相識，通過實戰，都領略到對方精湛的武功，尤其是人格的魅力。苗人鳳與胡一刀一連比了四天，兩人越打越是投契，誰也不願傷了對方。後來兩人晚上一面喝酒，一面談論武功，夜裡索性同榻而眠。第五日，胡一刀因夫人瞧出苗人鳳破綻，搶了先著，卻不下殺手，還請教他爲何有此破綻。兩人換刀劍再戰，胡一刀中毒而死，胡夫人自殺，他本已表示如胡一刀不幸戰死，會將他尚在襁褓中的兒子胡斐養大。胡夫人親見苗大俠肝膽照人，義重如山，臨死前放心地將兒子託予他。但他竟發現此孩子失蹤，即著急又傷心。

過了十年，他無意中救出美麗的官家小姐南蘭，並結婚生了獨生女兒苗若蘭。孩子兩歲時，南蘭被田歸農拐走。他獨自撫養苗若蘭，不教她武功，情願祖傳的苗家劍法失傳，以消弭一百多年的恩怨復仇歷史。每到冬天，苗人鳳總是鬱鬱不樂，供上胡一刀夫婦的靈位，做五天羹飯，幾乎每晚要痛哭一場。女兒七歲時就告訴她自己誤傷胡一刀的經過，有一次竟對女兒苗若蘭說：「孩兒，我愛你勝於自己的生命。但若老天許我用你去掉換胡伯伯的孩子，我寧可你死了，胡伯伯的孩子卻活著。」

田歸農派徒弟張飛雄毒瞎苗人鳳的眼睛，劉鶴眞上當而代他送去藏有毒藥的信，苗人鳳當場眼瞎，竟原諒他說：「一個人一生之中，不免要受小人的欺騙，那又算得了什麼？」如此輕描淡寫，胡斐和鍾氏兄弟等在旁聽了，都好生佩服，均想如此定力，人所難及。劉鶴眞要殺張飛雄，想不到苗人鳳說：「劉老師，這種小人，也犯不著跟他計較。張飛雄，這院子中還有你的兩個同伴，受傷都不算輕，你帶了他們走吧。」張飛雄等人剛才燒了苗人鳳的房子，還大打出手，欲置苗人鳳於死地，他都不追究，如此寬宏大量，罕有人能相比。

苗人鳳雙眼中毒時，面前一片漆黑，只聽胡斐講一聲「我雖不是你朋友，可也決計不會加害」，他雙目痛如刀剜，卻依舊英雄識英雄，片言之間，已是意氣相投，他馬上回答：「你給我擋住門外的奸人。」當他至交好友一般。胡斐胸口一熱，但覺這話豪氣干雲，若非胸襟寬博的大英雄大豪傑，絕不能說得出口，當眞有白頭如新，有傾蓋如故，苗人鳳只一句話，胡斐立時甘願爲他赴湯蹈火。

屋子被燒，群匪圍攻，苗大俠雙眼巨痛失明，惡鬥中難以保護年方六、七歲的女兒，胡斐見此情景，道：「苗大俠，我給你抱孩子。」他剛才以耳代目，聽得胡斐卻敵救火，乾淨俐落，智勇雙全，這人素不相識，居然如此義氣，女兒實可托付給他：「好，苗人鳳獨來獨往，生平只有兩個知交，一個是遼東大俠胡一刀，另一個便是你這位不知姓名、沒見過面的小兄弟。」說著抱起女兒，遞了過去。

胡斐爲救治苗人鳳被毒瞎的雙眼，去洞庭湖畔找毒手藥王，回來時發現苗人鳳又被田歸農率眾包圍，形勢危急。苗人鳳對胡斐說：「小兄弟，你快走，別再顧我！只要設法救出鍾氏三雄，苗某永感大德。」胡斐和鍾氏三雄均是大爲感動：苗大俠仁義過人，雖然身處絕境，仍是只顧旁人，不顧自己。擊敗田歸農等人後，苗人鳳又不肯治傷，因爲他當年誤傷胡一刀後，去毒手藥王處請教，兩人語言失和，程靈素未得師命，他不肯暗中占她師父的便宜。胡斐暗暗佩服，心想苗人鳳行事大有古人遺風，豪邁慷慨，不愧「大俠」兩字。程靈素講清原委，給他治傷時，他硬忍比刀割重於十倍的疼痛，還不動聲色，但一股內勁將椅子都坐得脆爛了。

吃飯時，苗人鳳因聽知胡斐用胡家刀法擊敗田歸農，就將胡家刀法舞了一遍，指導胡斐；又用筷子引導胡斐實戰，將道理講透，胡斐因此而眞正踏入了第一流高手的境界。

苗人鳳問胡斐與胡一刀的關係，胡斐堅不吐實，苗人鳳就帶他去看內屋胡一刀夫婦的靈位，雙手負在背後，說道：「你既不肯說和胡大俠有何干連，我也不必追問。小兄弟，你答應過照顧我女兒的，這話可要記得。好吧，你要替胡大俠報仇，便可動手！」胡斐見他臉色平和，既無傷心之色，亦無懼怕之意，遂不忍下手。

程靈素替苗人鳳治癒了雙眼。十年後，賽總管帶范幫主等人埋伏在玉筆山莊，捉拿苗人鳳，苗人鳳冒險去京救范幫主，范幫主則甘作賽總管鷹犬，乘苗人鳳不備，點了他穴道。胡斐第三次出手救苗人鳳，苗人鳳很是感激，但見他與女兒同床共被，誤以為他欺凌女兒，與他在懸崖峭壁上決鬥。

苗人鳳的大俠風範，令人欽敬；他寬容的精神、極為開闊的胸襟更讓欽佩。可是他不肯講出誤傷胡一刀的因由，自責過分，造成胡斐的誤會；脾氣忒急躁，不及問清前因後果和事實真相便與胡斐決鬥，這個性格弱點造成不必要的誤會，後果極為嚴重。

苗人鳳與南蘭早年真摯愛情的結晶，是女兒苗若蘭。

有一位英國美人對大文豪蕭伯納說：「如果我倆結合，生下的孩子豈非才貌雙全？」一代喜劇宗師蕭伯納幽她一默，回答說：「如果遺傳我們的缺點呢？豈非這個孩子才貌雙無？」

應該說世間確有如蕭伯納所說的，有的孩子恰巧繼承了父母的所有缺點而唯獨不繼承優點。反過來，也有極少數後代繼承父母所有的優點，而拒絕繼承父母的缺點。苗若蘭便是這樣一個典型才貌雙全的出色少女。當她出現在玉筆山莊群豪之前，先聲奪人：「啊喲，別打架！別打架！我就最不愛人家動刀動槍的。」語音嬌柔無倫，人人聽了都覺得真是說不出的受用，不由自主的都回過頭去——

兄見一個黃衣少女笑吟吟的站在門口，膚光勝雪，雙目猶似一泓清水，在各人臉上轉了幾轉。這少女容貌秀麗之極，當真如明珠生暈、美玉瑩光，眉目間隱然有一股書卷的清氣。廳上這些人都是浪迹江湖的武林豪客，陡然間與這樣一個文秀少女相遇，宛似走進了另一個世界，不自禁的為她一副清雅高華的氣派所懾，各似自慚形穢，不敢褻瀆。

苗若蘭的清麗高雅超過她的母親，在生活上的排場也超過她的母親。古話說：在家千日好，出門事事難。人們但凡出門，只能一切從簡。苗若蘭到玉筆山莊作客，人尚未到，先後由丫環、奶媽、僕婦和家丁送來箱櫃衣被雜物，乃至鳥籠、狸貓、鸚鵡架、蘭花瓶，色色齊全，到後又焚香才與人講話，極講究生活享受。

苗若蘭和袁紫衣、程靈素一樣，也是一位靈慧過人、善於機變的女子。平阿四身處群惡之中，要揭示胡一刀夫婦之死的眞相，自知「只消說得一半，自己的性命就不在了」。他對苗若蘭說：「小人自己的死活，倒也沒放在心上，就只怕我所知道的事情沒法說完。」

苗若蘭微一沉吟，即命平阿四摘下掛在廳上居中的木板對聯的下聯，關照說：「你瞧清楚了，這上面寫著我爹爹的名字。你將這木聯抱在手裡，儘管放膽而言。若是有人傷你一根毛髮，那就是有意跟我爹爹過不去。」眾人相互望了一眼，心想以金面佛作護符，還有誰敢傷他？

此時苗人鳳還遠在寧古塔，苗若蘭借他之力保護平阿四的生命安全，正如引遠水而救近火之常理，但她深知父親的威力，堅信遇到任何危難，爹爹總能相救。

平阿四終於講完自己的見聞，揭出二十七年前的重大秘密，閻基（寶樹）等也果然無法對他如何。可是當平阿四講，他為了報仇，將山上糧食全部倒下山峰去，要活活餓死眾人時，群惡立即動手，要處死他，苗若蘭馬上提醒眾人「忘了我說過的話」。「他抱著我爹爹的名號，我說過誰也不許傷他。」大家果眞不敢動手。

苗若蘭講信譽，善思考，性格沉穩，識見非凡。她不准眾人動手傷害平阿四，曹雲奇道：「咱們大伙兒性命都要送在他手裡，你……你怎麼……」

苗若蘭搖頭道：「死活是一回事，說過的話，可總得算數。這人把峰上的糧食都拋了下去，大家固然要餓死，他自己可也活不成。一個人拚著性命不要來做一件事，總有重大之極的原因。寶樹大師，曹大爺，生死有命，著急也是沒用。且聽他說說，到底咱們是否當眞該死。」她這番話說得心平氣和，但不知怎的，卻有一股極大力量，竟說得寶樹放開了平阿四的手臂，曹雲奇也自氣鼓鼓的歸座。

她又猜出平阿四的動機，說道：「平爺，你要讓大夥兒一起餓死，這中間的原因，能不能給我們說說？你是爲胡一刀伯伯報仇，是不是？」

苗若蘭自己也是受害者，也是要被餓死之人，她卻能鎮靜自如地了解原委，心理素質極好，處變不驚，定力極強，眾人受此感染，都被她鎮住了；她要問清原委，激起大家的好奇之心和死也要死得明白的探底心理；尤其是「生死有命，著急也是沒用」一語，是在場眾人都信奉的人生哲理，大家便都冷靜下來了。苗若蘭的心理力量和邏輯力量，征服了眾人。

胡斐上山時，眾人一窩蜂地逃入屋內，緊閉大門，待得大門被胡斐用巨力推開，眾人又逃入內院，只有苗若蘭留在迎客，于管家勸她避入地窖，她毅然道：「自從我聽爹爹說了胡伯伯的往事，一直就盼那個孩子還活在世上，也盼終須有日能見他一見。今日之事雖險，但若從此不能再與他相見，我可要抱憾一生了。」她自幼對胡一刀之子心懷珍惜悲憫之情，心目中總將他想像成柔弱的稚子，待胡斐進來，見他滿腮虬髯，根根如鐵，濃髮橫生，有如亂草，是一個粗豪凶猛的漢子，驚異、惶惑與失望交織。胡斐見她不會武功，她坦然回答：「我爹爹立志要化解這場百餘年來糾纏不清的仇怨，是以苗家劍法，至他而絕，不再傳授子弟。」苗若蘭以佳酒招待，又撫琴曲《善哉行》以助酒興。兩人歌辭相答，曲畢行禮，並互生好感。

自西漢司馬相如以琴曲挑動卓文君，終成琴瑟之好之後；元代雜劇《西廂記》又寫張生用琴聲打動鶯鶯以遂好逑之心；明代傳奇《玉簪記》再出新意，讓潘必正和陳妙常各奏一曲，互通衷腸，終於在秋江上同舟共濟，又成美滿婚姻。《雪山飛狐》則由苗若蘭奏琴，兩人以古曲雅興，知音互賞。分手後，兩人都爽然若失。再次相逢，因機緣湊巧，在強敵環伺之下，竟然同床共臥在一條錦被之中。胡斐於惡戰之後，又怕她衣不遮體，被存心不正之徒窺視，用被子裹住她身子，抱著她躲入山洞。兩人在洞中互敘父母的相戀過程和結局，兩人也互表戀情，決心終身相愛。

苗若蘭一生性善心軟，慈悲為懷。寶樹在山洞中欲施殺手，謀害胡斐，胡斐用寶石擊打寶樹。寶樹痛得嚎叫不絕，在地下滾來滾去。苗若蘭聽寶樹叫得淒慘，心中不忍，竟勸胡斐「饒了他吧」。看來要殺惡人，絕不能當她之面，一定要像孔子所言，君子遠庖廚才行。

苗若蘭也因性慈心善而早在七歲之時，聽父親講胡一刀夫婦慘死往事之時，就暗下決心：若是那個可憐的孩子活在世上，我要照顧他一生一世，要教他快快活活，忘了小時候別人怎樣欺侮他、虧待他。

這便是苗若蘭，心如明鏡，一塵不染，天眞潔白。其善良與智慧，皆出於純潔的心地。她與胡斐相戀後，見父親前來責問，要胡斐答應：「若是他惱了你，甚至罵你打你，你都瞧在我臉上，便讓他這一回。」然後她站在月光下的雪地中，良久良久，等二人歸來。月光，雪地，玉女，一片潔白，這便是苗若蘭的人品和心境。

苦命恩人馬春花

胡斐視馬春花爲恩人。

馬春花是一個苦命人。

一個女子，無論在中外古今，如果婚姻生活不幸福，就屬苦命。馬春花不僅婚姻失誤，而且還死於非命。正是苦命中的苦命。

馬春花在少女時代遇到三個愛她的男子。由於時代和她本人生活圈子的局限，她沒有更大的選擇餘地，她只能遇到這三個愛她的男子。

第一個是她父親馬行空的徒弟徐錚，徐錚因近水樓台，一直用心追求恩師的這位獨生千金。但他資質很差，武藝不高，智力凡庸，容貌粗魯醜陋：濃眉大眼，臉上生滿紫色小瘡。他得不到馬春花的芳心。

第二個是商家堡商老太的獨子商寶震，他是名門之後，家境殷實，又生得眉清目秀，一表人才。

馬春花呢，這名字透著俗氣，可是她的父親「百勝神拳」馬行空是個江湖武人，也只能給她取這麼一個名字。但她正當妙齡，大約十八、九歲年紀，一張圓圓的鵝蛋臉，眼珠子黑漆漆的，兩頰暈紅，全身透著一股青春活潑的氣息。馬春花練過武功，腰腿挺拔，胸豐臀圓，具有一種野性的美。

商寶震看到這位隨父保鏢，來自家避雨的學武少女，嬌憨活潑，明艷動人，一見鍾情。馬春花對他也有意。

胡斐因承認自己將練鏢木牌上的姓名胡一刀改成商劍鳴，又被商老太用計擒住，手足反綁吊在練武廳中，商寶震用皮鞭足足抽了三百餘下，見他還哈哈大笑，抱起鞭子，又待再打。馬春花和徐錚見胡斐已全身是血，早已心下不忍，幾次想開口勸阻，皆因馬行空連使眼色，神色嚴厲，暗示兩人不可輕舉妄動。後來商寶震連抽三百餘鞭，眼看胡斐要被活活打死，商寶震剛放下鞭子，胡斐依舊不理追問，還哈哈大笑，商寶震拿起鞭子，正要再打，馬春花再也忍耐不住，脫口大叫道：「不要打了！」商寶震的皮鞭業已舉在半空，他聞聲僵住，望著馬春花的臉色，終於緩緩垂了下來。

胡斐全身皮開肉綻，痛得幾乎就要昏過去，忽聽馬春花大叫「不要打了」，勉強睜開眼來，看到她臉上滿是同情憐惜的表情，心中不由彌漫起感激的甜意。

馬行空暗中觀察商老太臉上的怒色和鼻孔中微微一哼的神態，馬行空一面說：「商老太，你好好拷打盤查，總要問個水落石出。」一面抱拳告退，帶著女兒徒弟，離開這個是非之地。出了練武廳，善良的姑娘還埋怨父親：「打得這麼慘，你怎麼見死不救，還叫她好好拷打？」她爹說：「江湖上人心險惡，女孩家懂得什麼？」

馬春花得爹提示，依舊不懂。晚上想到胡斐的慘狀，難受得睡不著。她帶了一包金創藥出門，正要去相救，卻看到商寶震在廊下踱步。她再三請求他放了阿斐，商寶震卻帶她越牆而出，並排坐在大槐樹下，乘機握住她的玉手。馬春花又要求商公子先去放出阿斐，再讓他握一會手。沒想到胡斐已自行逃出，躲在樹上偷聽到這番對話。他幾下即將商寶震打得狼狽不堪，又引他追趕，將他丟在樹上折柳條鞭打，馬春花追來，胡斐笑道：「馬姑娘，我不用你求告，就饒了他！」他知馬姑娘與他相愛，所以相饒之後，哈哈大笑而走。

這一天，對馬春花的意義非常特殊。商老太獲悉兒子迷上馬春花，告訴他其父馬行空是父親致死的宿敵，她要為他向馬行空提親，為的是要捏住馬春花，萬般折磨，作為報復。正巧馬行空聽到這番言語，猜知商老太的心意，所以這天商老太約見馬行空時，馬行空搶先宣布將女兒和徐錚訂親；過一會商老太又約見盤問馬行空、吊打胡斐，當晚商寶震又向她表示愛意。商寶震被掛在樹上，胡斐走後，他未及下樹，福康安帶隨從路過看到此景，商寶震與他手下的侍衛打了起來，其中有商劍鳴師傅王維揚的兒子王劍英、王劍傑兄弟，本是同門兄弟，於是一起到商家堡與商老太引見。這位福公子即後來與她發生孽緣的情人。一日之中，她與徐、商、福三個情人都發生直接、間接的糾葛，又成了胡斐的恩人，影響了她的一生。

馬春花回到屋裡，徐錚知她與商公子外出而譏刺，兩人爭吵。次日黃昏，她心情依舊不快，獨自到後花園呆坐出神。福公子用迷人的簫聲引她注意，然後引她到花下幽會。馬春花在父親宣布將她許配給徐錚的第二天，竟做了福公子的情婦。

她迷戀於福公子的才貌，甘心與他男歡女愛，商家堡打得翻天覆地，父親馬行空命歸黃泉，她也不知。徐錚前來與福康安拚命，她才知父親死於非命，商公子去向不明。她肚裡已有福康安的種子，只好嫁給自己不喜歡的粗魯醜陋師兄徐錚。不久便生下一對雙胞胎兒子，玉雪可愛。

四、五年之後，馬春花與徐錚送鏢途中被群盜圍攻，在客店偶然重逢的胡斐大力相救，雙方惡戰。原來福康安思念馬春花，派侍衛中的高手去打探她的消息。惡鬥中，已為福康安效力的商寶震打死徐錚，馬春花擊斃商寶震，隨後獲知福康安之意，帶雙兒進京，她與福康安重溫鴛夢。

可惜好景不長，福康安的母親知情後要毒死馬春花，胡斐救出垂死的馬春花，又搶出她的一對兒子。垂死的馬春花被藏在破廟中，竟依舊思念負心薄倖的情人福康安。胡斐請求面貌酷似福康安的陳家洛冒名頂替去會見馬春花。馬春花見到「心上人」來相聚，「滿足」地閉氣遠行。臨終前她要求胡斐收養自己的兒子，命兩個孩子當場在胡斐面前磕頭，拜作義父；請他將自己的屍首葬在丈夫徐錚墳旁：「他很可憐……從小喜歡我……可是我不喜歡……不喜歡他。」

馬春花自己的一生也很可憐。幸虧她救過胡斐，有了這個無比忠貞的義弟，她才可安然死去。

馬春花被福康安臉如冠玉、丰神俊朗、容止都雅所吸引，又被其簫聲軟語所誘惑，投入他的懷抱。她別無選擇，要嘛徐錚，要嘛福康安，她當然喜歡福公子。她被接到北京，雖知不能為正妻，只能當姬妾，她心甘情願；更且一對兒子是她與福康安孽緣之結晶，投奔生父，兩個兒子必有如錦前程。她不知侯門深似海，海必有險波。衆多妻妾，爭風吃醋，如她這樣忠厚而無心計，猶如尤二姊之遇王熙鳳，本來就凶多吉少，更何況福康安之母爲滿族貴婦，還有種族偏見。她之死，乃勢之必然，只是早晚而已。馬春花的悲苦命運，爲小家碧玉欲高攀豪門者之戒。總結中外古今的婚姻史，門當戶對是婚姻美滿的重要前提之一。張生和鶯鶯、柳夢梅和杜麗娘、賈寶玉和林黛玉乃至羅密歐與茱麗葉，固然追求婚姻自主，但細思他們的家庭出身和雙方的文化教養，豈非都屬門當戶對否？

陰險毒辣的田歸農

田歸農長得眉目清秀，氣宇軒昂，一表人材，而且武藝十分高強，少有敵手。其父田安豹與苗人鳳之父去關外而從此失蹤，傳聞給久居關外的胡一刀殺害，更且田苗范三家與胡家祖上都是宿仇，所以他與范幫主、苗人鳳跟蹤胡一刀夫婦南下，欲報殺父之仇，並想搶奪胡一刀所保存的鐵盒和寶刀。那年他才二十三、四歲而已。

在唐官屯，田歸農和范幫主的手下已與胡一刀動上手，他倆在滄州客店碰到胡一刀夫婦乘車而來，被胡一刀從車中飛出的銅錢打飛劍、杖，受傷而逃。胡一刀派閻基來說明三件事，田歸農不轉告苗人鳳，卻令人在胡、苗刀劍上偷塗毒藥，欲使兩人決鬥時同歸於盡，結果胡一刀果然中毒而亡。胡一刀死後，田歸農從平阿四手中想搶嬰兒胡斐，被平阿四狠咬一口而未搶成，他狠劈兩刀，一刀砍去平阿四一條手臂，一刀砍在臉上，又一腳將他踢到河裡。

十三年後，田歸農到苗人鳳家作客，苗人鳳看不起他，對他愛理不理的，於是由苗夫人南蘭招待這個客人。田歸農以英俊瀟灑和風流俊俏贏得美麗出眾的南蘭的芳心，南蘭竟然拋夫別女跟他私奔。

不久，田歸農帶著南蘭路過商家堡躲雨，撞見閻基帶著二十餘盜賊搶劫馬行空的鏢銀，待閻基戰勝馬行空師徒，他擊退商寶震，出頭分贓，自取大頭，閻基認出他即十三年前滄州客店內看到的田歸農，懾於他武藝高強，俯首臣服。正要將十五萬兩贓銀裝車趕路，苗人鳳抱著兩歲的幼女趕來，苗夫人被胡斐訓斥後羞慚而逃，田歸農追去，未及再回來取銀子。

古言道：朋友妻，不可欺。田歸農拐走苗人鳳之妻，既貪色又貪財：他想到闖王所留下的無窮無盡財寶，苗夫人是打開這寶庫的鑰匙。當然，她很美麗，嬌媚無倫。但更重要的是闖王的寶庫。

田歸農儘管陰謀得手，但他從此日夜提心吊膽，寢食不安，他怕天下第一高手苗人鳳前來尋仇。他的生活已沒有樂趣，琴棋書畫丟在一邊，風流瀟灑也大爲減色，更無心情陪伴南蘭調脂弄粉、說笑遊樂，一心練劍打坐，時刻專心備戰。南蘭見他如此害怕自己的丈夫，不免產生鄙薄之意。她認爲只要兩心眞誠相愛，便給苗人鳳殺了，也是甜蜜的。她看到田歸農愛自己性命勝過自己，不珍視自己拋棄丈夫、女兒、名節而跟隨他的寶貴情愛，不由萬分失望。

過了四、五年，田歸農派弟子張飛雄等四人，用信紙所藏之毒，毒瞎苗人鳳雙眼，想害死他後劫走幼女，又害劉鶴眞受騙而自毀雙目。胡斐兩次救出苗人鳳，又用胡家刀法打敗率衆包圍雙眼已瞎的苗人鳳的田歸農，田歸農受重傷而撤走。

福康安策劃天下掌門人大會，田歸農也來捧場，但他拿架子、遲到、又招搖入場。坐定後，手持酒杯觀鬥，神色極是閒雅，裝作高人一等，不屑和人爭鬥的樣子，實則是以逸待勞，要到最後當口才出手，在別人精疲力盡之餘，再全力出擊。童懷道當眾揭穿他想最後出場，檢現成便宜的圖謀，立即向他挑戰，他用陰毒手段擊敗並作弄童懷道和李廷豹，且導致後者自殺，又靠寶刀削斷對手兵器，接連殺敗多名激於義憤的挑戰者，使對方折足斷手，人人身受重傷，在場群雄無不義憤填膺。

大會被攪散後，田歸農率領二十六名好手，到滄州胡一刀夫婦墳地伏擊胡斐，胡斐僅有前來報訊卻又身受重傷的圓性相助，寡不敵眾，接連斃傷九人後，終於陷入絕境。幸得苗夫人南蘭越眾密告胡斐墳邊埋有寶刀，胡斐得此寶刀，削斷多名武士兵器與手足。又與手持寶刀的田歸農格鬥，胡斐武藝遠高於田歸農，田歸農見情勢不對，拔足逃走。胡斐與圓性這才保住了性命。

又過十年，乾隆四十五年初前後，南蘭受涼傷風，不肯吃藥，病重而死。死前命田歸農在她死後將屍體火化，將自己插戴的一枝鳳頭珠釵還給苗人鳳或女兒苗若蘭，說這是苗家的物事。不久田歸農的天龍門北宗輪值掌理門戶之期屆滿，他也揀此日閉門封劍。於是大張筵席，請了數百位江湖上的成名英雄。宴客之後，他未舉辦儀式，將門戶掌理權位和寶刀轉授南宗掌門人殷吉，便躲進內堂不出。

原來胡斐此前已下戰書，要前來報仇。結果苗人鳳先來，給他送來兩件東西：一是他徒弟周雲陽偷走並私埋的寶刀，另一件是他女兒瞞著他去埋掉的私生兒，都給苗人鳳看見，「現下掘出來還你」。田歸農還給苗人鳳珠釵，苗人鳳當場從珠鳳中取出藏有寶庫地圖的紙團，「她終於瞧穿了你的眞面目，不肯將機密告知你，仍將珠釵歸還苗家」。苗人鳳不殺田歸農，讓他懊惱一輩子，嘗嘗活著比死更難受的滋味。言罷而走。田歸農自知這些都是自己一生作惡的報應，羞愧難當，自盡而死。胡斐已來不及報仇殺他了。

田歸農詭計多端，凶狠毒辣。在請宴前勾結賽總管，請他找藉口捕走殷吉，使殷吉無法繼承掌門職權和寶刀。他知女兒與徒弟曹雲奇私通，還生下私生子，就在宴請當夜命他原定的女婿陶子安去關外埋空鐵盒，再派人伏擊，誣陷他盜走盒內寶刀，然後殺掉或逼他退婚。

田歸農少年時代與飲馬川山寨寨主陶百歲合夥為盜，做過許多大案，直到成家之後才洗手不幹。後來又陰謀毒死胡一刀，拆散苗人鳳的家庭，多次施計圍殺苗人鳳和胡斐。機關算盡，最後自盡；闖王留下寶庫未得，女兒與徒兒私通，臉面丟盡。

這個女兒即田青文，是田歸農前妻所生的獨女。田青文像田歸農一般陰毒靈敏，十六歲時她隨父親去圍攻苗人鳳，程靈素緊急中想點蠟燭放毒，她馬上識破機關，用暗器既快又準地打斷蠟燭，還厲聲警告：「你給我規規矩矩的站著，別搗鬼！」在玉筆山上，是她剝光苗若蘭的外衣，令她失去自由，無法行動。進入寶庫，見珍寶都被堅冰封住，眾人束手無策，她首先想到拾柴熔冰。田青文得父母遺傳，容貌姣好。她憑美色玩弄曹雲奇和陶子安於股掌之上，自己坐收漁利。

田青文助父為虐，助寶樹、劉鶴真和賽總管等群惡為虐，做了不少壞事。像她父親田歸農一樣，也非常貪圖財富，最後與群惡深入寶庫，一起搶奪珍寶，雖如願以償，卻被胡斐用巨石堵住洞口，勢不能出，等候她的是在山洞中凍餓而死的悲慘下場。

田歸農和田青文父女走的是作惡害人、終取滅亡的可恥人生道路。害人者必害己，他們的下場再次證明了這條人生眞理。

近墨者黑，田氏父女勾結的都是壞人。苗若蘭可憐寶庫裡的人：「你要他們都死在裡面麼？」胡斐道：「你說，裡面哪一個是好人，饒得他活命？」胡斐將這群惡徒一網打盡，實在大快人心。

江湖無賴閻基和寶樹

閻基，這個江湖無賴的無恥人生是個三部曲：庸醫、強盜與和尚。做和尚後的法名爲寶樹。

閻基早年在直隸滄州鄉下的一個小鎭上當跌打醫生，略學過武藝。他靠一點兒醫道勉強餬口，養不起家，所以光棍一個。那年臘月，半夜被叫起救治傷人，原來他們是跟蹤胡一刀並被殺敗的范幫主、田歸農的屬下。閻基第二日傍晚又目睹胡一刀夫婦來住平安客店，第三日近中午又被胡一刀硬請去爲胡夫人接生。接著幾天又旁觀胡一刀和苗人鳳決鬥，此前胡一刀還請他送信給苗人鳳，又日夜偷聽胡一刀夫婦的對話與動靜。

窮極無聊的閻基在這幾天中賺到四筆錢：為跟蹤胡一刀的傷者治傷，得銀二十兩；為胡一刀夫人接生，得銀二百兩，做十年跌打醫生也賺不到這麼多錢，接生後胡夫人又給了一錠黃金，總值得八、九十兩銀子；胡一刀命他給苗人鳳傳口訊，又給予重重酬謝；田歸農也給他賞銀三十兩，要他傳話給胡一刀：「買定三口棺材，兩口大的，一口小的，免得大爺們到頭來破費。」田歸農命陶百歲將毒藥塗在胡一刀、苗人鳳的刀劍上，陶百歲又命閻基代做此事，終於使胡一刀中毒而死。閻基目睹胡一刀夫婦之死，乘火打劫，偷盜他們的遺物和拳經刀譜。偷盜時，他左手抱起孩子，右手從枕頭底下抽出藏珍珠寶物和拳經刀譜的鐵盒，將孩子往地下一放，孩子哭了，就拉過炕上的棉被，將孩子沒頭沒腦的罩住。平阿四目睹此狀，怕孩子被悶死，用大門閂在他後腦上猛力一棍，閻基立即昏倒跌倒。

閻基本無是非、正義觀，唯利是圖，供人驅使。胡一刀夫婦去世，他起偷盜之心，初步暴露出卑劣的本性。

平阿四在他昏死時從他手中奪走刀譜拳經，慌忙中留下被他捏在手中的前面兩頁。就靠此兩頁，閻基學成勝過常人的武功，成爲打家劫舍的盜魁，掠取不義之財。

閻基在做跌打醫生時窮愁聊倒，穿著青布面的老羊皮袍，頭上戴一頂穿窟窿的煙黃氈帽。十三年後，他帶著二十餘騎人馬包圍商家堡、打劫馬行空的三十萬兩鏢銀時，身穿寶藍色緞袍，衣服甚是華麗，但面貌委瑣，縮頭縮腦，與一身衣服極不相襯。他手戴碧玉戒指，長袍上閃耀著幾粒黃金扣子，左手拿著一個翡翠鼻煙壺，不帶兵器，神情打扮，就如同是個暴發戶富商。

閻基劫鏢時，語氣決絕，出手狠辣，連敗馬行空師徒。田歸農現身奪鏢，閻基認出他後躬身讓鏢，田歸農追苗夫人去而不返，他正要「閻大爺獨喝肥湯」，卻被商老太擊敗，商老太雖饒他性命，卻割掉他辮子，逼令他出家，不准他在黑道上繼續廝混。

閻基初會商老太時語氣輕薄蠻橫狂妄，後被商老太砍中大腿，嚇得魂飛天外，雙手握住她小腿大叫：「饒命！」商老太畢生會過無數武林豪傑，卻從未見過這般沒出息的混蛋。閻基爬在地下，咚咚咚地大磕響頭，又自罵：「我是狗娘養的王八蛋！」

又過十四年，已當和尚的閻基，法號寶樹，於三月十五出現在東北長白山的苦寒之地。他已是一個鬍子花白的老僧，一對三角眼，塌鼻歪嘴，一雙白眉斜斜下垂，容貌極是詭異，雙眼布滿紅絲，身形則又似肥鴨，又似蛤蟆，單看相貌，倒似是個市井老光棍。他應玉筆山莊莊主杜希孟之邀，前來對付胡斐，路遇陶百歲與劉元鶴等人鬥毆，帶他們一起上山，乘混亂中賴武力奪到天龍門群豪手中的寶刀。他見胡斐上山，卻獨自先避走，胡斐走後，他凶狠地暗示劉元鶴等處置苗若蘭，又與劉元鶴一起帶眾人進入藏寶庫山洞搶奪珍寶；看到胡斐偕苗若蘭進洞，先下殺手，被胡斐用珍寶彈射得死去活來，幸得苗若蘭相勸，才留下他的性命，苟延殘喘。胡斐離開時在洞口擋上巨石，等待寶樹與群惡的是飢渴而死。

寶樹是幫助田歸農殺害胡一刀夫婦的兇手之一，一生劣跡斑斑，死有應得。他的無賴言行，「風格」獨特，《雪山飛狐》和《飛狐外傳》讓我們見識到此類無恥狠毒人物，也是一個藝術功績。

自取滅亡的商老太母子

在胡一刀和苗人鳳最後決殺的四年之前，苗人鳳有事去嶺南，自稱山東武定縣的商劍鳴尋到苗家，因聽說苗人鳳有個外號叫「打遍天下無敵手」，心中不服，找上門來比武。見苗人鳳不在，與其兄弟言語中間發生爭執而動起手來。商劍鳴用重手震死苗人鳳的兩個兄弟、一個妹子，將那不會武藝的弟婦也一掌打死。苗人鳳要待了結與胡家的累世深仇，再去找他報仇。胡一刀知他有此心事未了，在與苗人鳳惡鬥一整天後，騎馬疾馳，從直隸滄州到山東武定，相去近三百里，他一夜來回，割了商劍鳴首級而歸。

商劍鳴是威振河朔王維揚的弟子，八卦門中的好手，八卦掌和八卦刀都很了得。作爲一流高手，他固然不是頂尖高手胡一刀的對手，但還不至於短時便一敗塗地，迅即被割去首級。他的寡妻商老太十五年後跟兒子商寶震回憶說：「十五年前你爹爹在甘涼道上跟馬行空動手。想你爹爹英雄蓋世，那姓馬的焉是他的對手？你爹爹砍了他一刀，劈了他一掌，將他打得重傷。但那姓馬的亦非平庸之輩，你爹爹在這場比武中也受了內傷。他回得家來，傷未平復，咱們的對頭胡一刀深夜趕上門來，將你爹爹害死。若非你爹爹跟那姓馬的事先有這一場較量，嘿嘿，八卦刀威震江湖，諒那胡一刀怎能害得你爹爹？」馬行空碰巧偷聽到這番話，不禁在心裡反駁：「胡一刀何等的功夫，你商劍鳴就算身上無傷，也是難逃此劫。老婆子心傷丈夫慘死，竟然遷怒於我。」

商劍鳴夫婦見識短淺，器量狹小，由此可見。當年商劍鳴因苗人鳳「打遍天下無敵手」的外號而不服氣，也不預先了解一下苗人鳳的實力究竟如何，便貿然上門挑戰；又與苗氏兄弟口角而施殺手，消滅苗家全門。商劍鳴招來殺身之禍，完全是咎由自取。那商老太不思丈夫之過，全都責怪別人的不是，丈夫死後，日夜訓練獨子報仇。十五年的歲月在往日無端仇恨的陰影下度過，還將兒子也引上尋死之路。

商老太性格堅忍剛愎。她將兩塊木牌繪上人形，分別寫上胡一刀、苗人鳳的姓名，人形上書明人體穴道，每日白天和深夜訓練兒子鏢打木板上的人體穴道，她則在旁吆喝「胡一刀，曲池，天樞！」「苗人鳳，地倉，合谷！」聲音低沉，嘶啞從牙縫中帶著血和仇恨迸出來，充滿著怨毒和憤怒。她作爲武學內行，應知兒子的習武天性和才力還不及乃父，從五、六歲訓練到二十來歲，還是武藝平平，但還是逼兒子練武不息，自己已五十來歲，過度的辛勞、操心和痛苦、仇恨的積澱，已使自己成爲白髮婆婆，還不自量力地教兒子武藝，慘淡經營。

商老太性格剛愎，但其剛強兇狠也頗令人敬畏。馬行空因雨在商家堡躲避暫歇，閻基帶人來劫鏢，馬行空大敗，束手無策。商老太竟邀閻基入內堂秘密「說話」：「你竟敢上商家堡來放肆，可算得大膽。若是先夫在世，十個閻基也早砍了。今日商家堡雖只剩下孤兒寡婦，卻也容不得狗盜鼠竊之輩上門欺侮。」她在丈夫靈牌前取出八卦刀與閻基生死決鬥：「商劍鳴一生英雄，他建下的商家堡豈容人說進便進，說出便出？」「你敗了我手中的鋼刀，將我人頭割去，連我兒子也一併殺了……」「若是妾身勝得一招半式，閻寨主頭上腦袋也得留下。」爲了維護商家堡聲譽和母子的尊嚴，這番話兇狠無畏，擲地有聲。決鬥時她絕不自保，連施同歸於盡的殺手，終於狠狠砍中閻基大腳，閻基叩頭請求饒命，商老太揮斷他的髮辮：「辮子留在商家堡，從今後削髮為僧，不得再在黑道中廝混！」閻基帶著隨從群盜放棄搶到手的巨額鏢銀，黯然離去。

商老太陪閻基入內堂時的背脊弓起，腳步蹣跚；戰勝盜魁後，顫巍巍地出來，在眾人面前故意裝出一副老態龍鍾的樣子，極有心機。

商老太處事處處冷靜，富於心機。她發現木牌姓名被調成商劍鳴，盛怒之下細心調查，胡斐自己承認後，又問出何人救他出莊，得知胡一刀已死，大慟三聲，突然出刀，要打胡斐一個措手不及。由於武學大師趙半山在場調解，王劍英本想放胡斐過門，商老太卻哭著痛斥：「劍鳴啊，你一死之後，八卦門就只剩下一批狗熊了，只知道奉承外人，再沒半個有骨氣之人，能給門戶爭一口氣。」長篇大論地數落諷刺，逼得王劍英只好與胡斐拚搏。

商老太的報仇手段異常毒辣。她打退閻基，留下受傷的馬行空，準備放長線釣大魚，慢慢收拾此人。又知他女兒馬春花救過胡斐，兒子竟迷戀上她，商老太冷笑著要給兒子提親，她在燒死馬行空之前，梟啼般笑著叫道：「馬老頭子，你的女兒我會好好照料她，你放心，我給她找一千個一萬個好女婿。」為報丈夫之仇，她精心打造巨型鐵屋，爲防仇敵得訊逃走，她讓王劍英兄弟和趙半山等人陪著一起燒死。趙半山、胡斐合謀協力，幫助眾人逃出火海後，商老太乘隙將馬行空再次踢回鐵廳的火窟中，終於給丈夫報成了一點兒仇。自己則弓身入廳，懷抱紫金八卦刀，臉露笑容，端坐在火焰之中，自殺殉志：「復仇的心願雖然難了，我卻不久就可與劍鳴相會了。」趙半山目睹此狀，也不禁長嘆一聲，心想此位老太太雖是女流，性子剛烈，勝於鬚眉。

商老太剛烈、堅韌的性格，人所不及。按照一般的規律，母親潑辣剛烈而又管教嚴厲，子女往往比較軟弱無能。商老太在緊要關頭復仇之心戰勝母子之情，竟爾不顧兒子死活，不救兒子，一心與胡斐搏殺。商寶震見母親咬住胡斐滾入火堆，飛身來救，急忙伸手將二人從火堆中提了出來，愛母之心甚於復仇之心。他又曾聽從情人馬春花勸阻，未將胡斐鞭打致死。母子倆因性格剛柔不同，故而心性有此區別。

商老太對丈夫敬若天神，丈夫死後，她以報仇爲天職，幾到了癡迷的程度，不惜毀家毀己，貽禍愛子，何況王氏兄弟之類的同門，喪失天良人理。她終於將全部家業和自己、眾僕的生命引向毀滅。商寶震自幼在母親庇護下長大，母亡家毀，他雖留得一命，又沒有自立能力，於是跟著師伯師叔王劍英、王劍傑投靠福康安，為他當差，同時又跟著王氏兄弟苦學八卦門武功。五年後奉福康安之命，與眾高手南下尋覓馬春花，角鬥中擊斃徐錚，報了情人被奪之仇，卻被馬春花一刀刺死。但他即使沒死，幫福康安護送馬春花進京，眼見昔日情人投入主子懷抱，滋味又如何？商寶震的品性並不壞，本是有家業之主子，卻淪為別人家奴，又死於非命，落到這種地步，也是夠悲慘的。

總之，是商老太的剛愎無知將兒子送入深淵。否則以商寶震的才性足可穩守家業，娶馬春花為妻，夫婦和瑟，子孫繁衍，其樂陶陶。因此，為人處世，得無慎否！

南天一霸鳳天南

胡斐成年後到廣東遊歷，替受欺凌的老實農民打抱不平，向惡霸鳳天南挑戰，結下生死怨仇。

鳳天南財雄勢大，交遊廣闊，武藝高強，人稱廣東第一。他是五虎派掌門人，以英雄自居，盤踞在佛山鎮稱霸；開了一家大典當，叫作英雄當鋪；一家大賭場，叫作英雄會館；一家大酒樓，叫作英雄樓。在廣東省內，凡是五虎派的弟兄們在各處發財，便得抽個份兒給他；每個月有人從粵東、粵西、粵北三處送銀子來孝敬他。他的公開身分，是雄踞一方的大財主；暗地裡，則是坐地分贓的大強盜。

鳳天南的宅子一連五進，本來已夠大了，但新近娶了一房七姨太，又在後進旁邊起一座七鳳樓，所用的地皮是鍾四嫂家傳的菜園，只有兩畝幾分面積。鍾阿四一家五口全靠這菜園度日，鳳天南逼鍾家將這塊地賣出，鍾阿四不肯，鳳天南誣陷鍾家兒子偷鵝，勾結官府關押鍾阿四並施酷刑，又放惡犬咬鍾家兒子。胡斐在酒樓上目睹慘狀，出手相救，大鬧英雄酒樓、英雄當鋪和英雄會館，痛打前來制止和處理事端的鳳天南獨子鳳一鳴。鳳天南前來解救，惡鬥一場，被胡斐打得大敗。

鳳天南平時作惡多端，卻頗有江湖漢子的氣概，敗得雖慘，態度仍十分剛硬，不失掌門人的身分。看到獨生愛子要被胡斐開膛剖腹，他傲氣全消，只得與胡斐軟話相商，但這番軟話倒也有些氣派：「一身做事一身當，鳳某行事不當，惹得尊駕打這個抱不平，這與小兒可不相干。鳳某不敢再活，但求饒了小兒性命。」說罷橫刀往頸中刎去，被袁紫衣用暗器碰開單刀。

鳳一鳴要救父親：「不，不，你殺我好了。你要替姓鍾的報仇，剖我肚子便是。」父子倆抱頭痛哭，都情願已死，而讓對方活命。胡斐倒難以發落，正在此時，袁紫衣用妙計引開胡斐，不時，他自悟中了調虎離山之計，再趕回去，鍾阿四一家三口已慘遭殺害。他找鳳天南復仇，鳳氏所有的店鋪皆大門洞開，空無一人，鳳宅則已起火，不久火焰越竄越高，當鋪、酒樓、賭場也紛紛起火。胡斐知道鳳天南率眾遠走高飛，心中惱恨，卻也不禁佩服此人陰鷙狠辣，勇斷明決，竟然不惜將多年經營的產業付之一炬，世所少有。

鳳天南殺了鍾阿四一家三口，立即毀家出走，一路上晝宿夜行，盡揀偏僻小道行走。他做事乾淨俐落，思維周密，成功地避開胡斐的追蹤。一個大雨滂沱的夜晚，胡斐在一座古廟躲雨，正與同行的袁紫衣暫歇，鳳天南率眾竟也來此躲雨。胡斐喜出望外，一人與鳳天南和其僕從等惡鬥。鳳天南自知難逃一死，急令兒子鳳一鳴逃走，鳳一鳴要救老子，不肯逃離，被胡斐掌風罩住，命危旦夕。父子倆舐犢情深，此時難免同歸於盡，胡斐喝道：「鳳天南，你便有愛子之心，人家兒子卻又怎地？」

鳳天南微微一怔，見勢不能免，索性凶橫到底，隨即強悍之氣又盛，大聲說道：「鳳某橫行嶺南，做到五虎派掌門，生平殺人無算。我這兒子手下也殺過三、四十條人命，今日死在你手裡，又算得了甚麼？你還不動手，囉裡囉唆的幹麼？」胡斐要他自己了斷，鳳天南哈哈一笑，拾起被打落在地的金棍，望自己頭頂砸去。又被袁紫衣救下，她用軟鞭捲走金棍，勸他放手，鳳天南又乘機逃逸。

鳳天南第二次自殺時，依舊父子相惜，言辭強硬。他抖出父子倆血債纍纍的劣跡，狠毒之極，但我們也必須承認，這對父子都是一條漢子。

可是胡斐沒想到的是，鳳天南爲了解開與胡斐的怨結，竟然「大丈夫能屈能伸」，託了眾多有情面的朋友轉圜說情，而且使出成套的手段：先用令人受寵若驚的禮遇，沿路款待風塵僕僕的胡斐，又用令人舒服的方式，饋贈豪宅一座和附帶的豪華生活享受作爲香餌，引誘胡斐。費盡心機，大花錢財，用極其豪闊而「富於創意」的手段，想化解仇敵對自己的恨意，又用認錯求和的態度懇請仇敵緩手，這樣的「氣魄」與「風度」，在江湖世界中極爲罕見。鳳天南實踐了江湖中善於機變者「龍門敢跳，狗洞肯鑽」的處世原則，是一個非常不易對付的對手，如非胡斐是原則堅定、性格剛毅的人物，便很易入其甕中。事實是，最早的確有一、二次，胡斐被其服軟和父子情深所打動。但鳳天南只要度過難關，他必定會伺機反撲，另找機會暗箭傷人，置對手於死地。不要說是對手，即使是赤心助他的朋友，他也要出賣。鳳天南爲了逃命，眼見幫他助拳的殷仲翔被胡斐打飛過來，腦袋撞向假山，他非但不救，反而左足在此人肩頭一借力，躍向圍牆乘機逃跑，只顧逃命反害朋友，太過卑鄙，使幫助他的眾人都心冷齒冷。

更卑劣的是，鳳天南在掌門人大會竟勾結湯沛，在比武時由湯沛用無影銀針傷人，鬥傷多名好手，靠弄虛作假、兩人無形聯手的手段傷人取勝。圓性用巧計以毒攻毒，用精妙的設計，硬咬湯沛與紅花會首領交結，將之置於死地。鳳天南眼見湯沛無法解脫這個罪名，且又咬自己與圓性「父女倆設下圈套」，索性也反咬一口：「我知道了你勾結紅花會、意圖不軌的奸謀，你便想偷放銀針，暗中助我，賣一個好，盼望我不向福大帥揭露。我……豈肯受你這種奸賊收買……」湯沛暴怒之下，四枚銀針激射而出，鳳天南當場氣絕而死。

胡斐爲慘死者向鳳天南報仇，未能親刃斃敵。鳳天南命喪同黨之手，當然活該，而他之死，反證湯沛「殺人滅口」，更坐實他的罪命，起了狗咬狗的作用。

武林公敵福康安

福康安，是乾隆皇帝手下炙手可熱的朝廷重臣和紅人，因爲他有特殊的身世背景。《書劍恩仇錄》介紹說：「原來乾隆的皇后是大臣傅恆的姊姊。傅恆之妻十分美貌，進宮來向皇后請安之時，給乾隆見到了，就和她私通而生了福康安。傅恆共有四子，三個兒子都娶公主爲妻。傅恆懵懵懂懂，數次請求讓福康安也尚公主而爲額駙，乾隆只是微笑不許。他兒子很多，對這私生子偏生特別鍾愛。福康安與陳家洛面貌相似，只因兩人原是親叔侄，血緣甚近。」《飛狐外傳》再次介紹：「原來這福公子，正是當今乾隆皇帝駕前第一紅人福康安。他是乾隆的私生子，是以皇帝對他恩遇隆厚，群臣莫及。」在任人唯親的封建專制時代，福康安無德無能卻能占據高位。

福康安並不知自己是乾隆之子。紅花會群雄知道福康安極得乾隆寵愛，趙半山、無塵道人和文泰來等將福康安逮走，脅迫皇帝重建福建少林寺，又答應不害紅花會散在各省的好漢朋友，這才將他釋放。這是《書劍恩仇錄》中描寫的情節。

十年過去了，官居兵部尚書、總管內務府大臣，執掌天下兵馬大權，皇親國戚個個該屬他管的福康安，在這年中秋節召集天下掌門人大會，有兩個目的。其一，他藉此網羅普天下英雄好漢，供朝廷驅使，便像是皇帝用考狀元、考進士的法子來籠絡讀書人一般，想以功名利祿引誘天下英雄入彀。其二，福康安料得此年秋冬之交紅花會群雄文泰來等要來北京，他自在十年前吃了被擒拿的大苦頭之後，明白自己手下兵馬雖多，卻不足以與武林豪傑為敵，是以先招集各省武林好手，籠絡住天下武林各家各派的掌門人，借他們之力，與紅花會群雄再決雌雄，妄圖將紅花會來京志士一網打盡，又使天下英雄兩敗俱傷，用心極其險惡。

爲確保掌門大會成功，福康安先期派出何思豪和小祝融曹猛、鐵蠍子崔百勝南下，聯絡、邀請和督促各門派掌門人上京赴會。

中秋日午後，天下掌門人大會在福康安府中開幕。大廳正中懸著一個錦幛，釘著八個大金字：「以武會友，群英畢至。」錦幛下並列四席，每席都設一張桌椅，上鋪虎皮，是天下四大掌門人——少林寺方丈大智禪師、武當山太和宮觀主無青子道長、三才劍掌門湯沛、遼東黑龍門掌門海蘭弼。廳內一共有六十二桌，每桌八人，分爲兩派，來與會的共是一百二十四家掌門人。

天下掌門人大會爭權奪利，醜態百出，被胡斐、袁紫衣、程靈素和紅花會的常氏兄弟、心硯、趙半山等人先後攪局搗亂，終於將此會攪散。福康安雖然年輕，卻老奸巨滑，他藉御賜玉龍杯被紅花會群雄當場奪走此事，說：「幾個小毛賊來搗亂一番，算是什麼大事？丟了一只玉龍杯，嗯，那也好，瞧是哪一派的掌門人日後去奪將來，再擒獲了這劫杯毛賊，這只玉龍杯便歸他所有。這一件事又鬥智又鬥力，比之在這裡單是較量武功，不是更有意思麼？」群豪大聲歡呼，都讚福大帥安排巧妙。福康安這番應變之言，不僅將當眾失杯的醜事輕輕掩過，而且一翻手間，給紅花會伏下了一個心腹大患。武林中自有不少人貪圖名利，必會千方百計地去設法奪回玉龍杯，不論成功與否，都會使紅花會樹下不少強敵，而且經常受到不少強敵的騷擾，防不勝防。

更且掌門大會雖被攪散，福康安的陰謀依舊部分得逞，而且影響深遠。清朝順治、康熙、雍正三朝（一六四四至一七三六年），武林中反清義舉此起彼落，百餘年來始終不能平撫，但自乾隆（一七三六至一七九六年在位）中葉（一七六六年前後）以後，武林人士自相殘殺之風大盛，早已顧不得反清之志，使清廷去了一大隱憂。雖然原因多般，但這次掌門人大會實是一大主因。後來武林中有識之士出力調解彌縫，仍是難使各家各派泯除仇怨。不明白福康安這個大陰謀之人，還道滿清氣運方盛，草莽英雄自相攻殺，乃天數使然。武林人士缺乏文化，思維水準不高，容易上當受騙。

乾隆飽讀詩書，其子福康安亦氣度高華，又得其母美慧資質的遺傳，更兼生活環境優雅，所以臉如冠玉，丰神俊朗，容止都雅。沒有見過大世面、大人物，閱歷淺又心地老實的馬春花一見此人，立即被他的氣質所征服。福康安雖然妻妾成群，卻都是眉眼如月、皓腕凝雪的白嫩美女，一見馬春花這種草野練武之女，另有一種風情，作爲生性好色的風雅子弟，立即垂涎三尺；此人又富心計，故而立即布網圍罩，手到擒來。可是懾於母威，只能俯身聽命，任由兇惡老婦毒死美女，心中痛惜也只是痛惜愛物一般，並無眞實情感。因爲他並非將馬春花眞正放在心上，所以儘管馬春花向他介紹：「這位胡兄弟幫了我不少忙，因此我請了他來。你怎生重重酬謝他啊？」剛一轉身，他即命親信用西洋進口鋼盒中所藏的彈簧機括，捕住胡斐，立即秘密處死。幸虧聶鉞拚死相救，胡斐才逃出性命。

有其母必有其子。胡斐潛入王府，正好偷聽、偷看到海蘭氏母子密謀毒殺馬春花的場景，胡斐認清這位相國夫人心腸之毒，不下於大奸巨惡。其子設計殘害武林，也正是一個大奸巨惡。其母聽報「有刺客」，她多見事故，心思不亂，冷靜追問，胸有城府。福康安也能處變不驚，且詭計多端。

現代教育家、心理學家認爲一個人的幼兒時期所受的家教和家庭環境的薰陶至關重要，甚至可決定此人今後一生的思維和行爲規範、方式和傾向。古話「三歲見八十」，也包含有這層意思。不過，近墨者黑，福康安從小浸潤在狠毒的環境之中，更兼母教，所以心腸歹毒，精於私鬥，於國於民則無用，又竊居高位，是禍國殃民之徒。

胡斐的其他敵友

除田歸農、閻基（寶樹）、商老太母子、鳳天南和福康安外，胡斐的重要仇敵尚有湯沛、石萬嗔（《飛狐外傳》）和杜希孟（《雪山飛狐》）三人。

杜希孟是胡斐的表舅。胡一刀夫人臨終時在胡斐的襁褓中放了一包遺物、一封遺書，其中記明生日時辰、胡家的籍貫、祖宗姓名以及世上的親戚。平阿四抱胡斐逃走時，以爲苗人鳳會害他，投奔遺書名單中的杜莊主。誰知杜莊主起心不良，想得胡一刀的武學秘笈，又隱約猜到胡一刀夫婦知道藏寶秘密，竟要搜查胡一刀夫人的遺物。平阿四只好抱著胡斐連夜逃下雪峰，武學秘笈帶走了，可是母親給兒子留下的遺物卻失落在莊上。

二十七年後，胡斐與他相約於三月十五結一筆舊帳，就是「要問他爲什麼欺侮我一個幼年孤兒？又要向他要回我媽所遺的物事。」

杜希孟文武全才，結交遍於天下，對人溫和謙善，甚是好客，實際上其內心假仁假義。與胡斐相約三月十五會面後，杜希孟暗中約請寶樹（閻基）和苗人鳳，準備合力消滅胡斐；又勾結朝中的賽總管，率領眾多皇府高手，一起擒拿他請來幫忙打胡斐的苗人鳳。他們果然用陰謀手段擒住苗人鳳，正要施殺手之時，幸得隱匿在旁的胡斐出手相救，打敗眾多高手，粉碎杜希孟等人設下的連環圈套。

杜希孟猜出玉筆峰附近是闖王藏寶之處，所以在這人跡罕至的雪山峭峰頂上建築莊園，號稱玉筆山莊，在這上山無路，壁立千仞無法爬登，只能靠吊籃上下的山頂居住了三、四十年，處心積慮地尋覓寶藏，結果竹籃打水一場空，一無所獲。最後被胡斐、苗人鳳打敗，苗人鳳仁慈，還是饒了他和眾人性命。杜希孟家業全毀，月光下孑然一身，一跛一拐地在雪地裡蹣跚遠去。

杜希孟貪圖寶藏，數十年在深山老嶺中安營紮寨，長年艱苦尋覓，度過自己的大半生，這種鍥而不捨的精神世所罕見。他出於利益的驅動，出賣至親好友，欺凌出生不久的表外甥，此類貪婪自私、卑鄙惡劣的歹徒並不少見，而杜希孟又表面仁慈和善，是一隻十足的笑面虎，此類兩面一刀的人物，倒難以對付和預防，所以苗人鳳差一點命喪於他的手中。

石萬嗔少年時和無嗔大師同門學藝，因用毒無節，多傷好人，給師父逐出門牆。此後數十年中，曾和無嗔爭鬥過多次，都屈居下風，皆因無嗔尚念同門之誼，手下留情而保住性命。在最後一次決鬥中，他被「斷腸草」毒瞎雙目，逃到緬甸野人山，花了十年功夫，以銀蛛絲拔毒，雙眼終於復明，但目力大損，施毒防毒功夫因此下降。

他回到中原，聽說無嗔已死，暗自慶幸從此便可稱雄天下，於是威逼無嗔的大弟子慕容景岳和第三弟子薛鵲改投自己門下，殺死二弟子姜鐵山，又帶著新收弟子來掌門人大會，為虎作倀，替福康安捧場。程靈素放毒，他因目力不濟，未識出她所放出的毒氣顏色，會後他率弟子伏擊，逼程靈素交出無嗔留下的《藥王神篇》。石萬嗔武功高強，詭計多端，但程靈素更爲靈動多變，技藝超人，她本棋高一著，穩操勝券，卻因胡斐忘了她的約法三章，搶先動手，中了石萬嗔的劇毒。程靈素只能代胡斐而死，吸出胡斐的毒血。臨死前又安排妙計，誘使石氏師徒三人中毒或瞎或亡。

石萬嗔貪圖虛名，一味逞強，一生作惡，雖然詭計多端，卻屢戰屢敗於無嗔大師和程靈素師徒手下，最後中自己放的毒慘死，正是「機關算盡太聰明，反誤了卿卿性命」。

石萬嗔是胡斐最兇惡的敵人之一，他已致胡斐死命；胡斐雖被救活復生，卻永遠失去了忠貞不二、技藝高超、智慧出眾的義妹程靈素，一個體貼入微的紅粉知己和人生伴侶。

湯沛的僞善超過杜希孟，而毒辣兇狠則堪與石萬嗔比肩。

湯沛是個精神矍鑠的老者，六十餘歲的年紀，雙目炯炯閃光，兩邊太陽穴高高鼓起，顯得內功深厚。此人仁義過人，俠名四播，號稱「甘霖惠七省」的湯大俠，實則是個衣冠禽獸。十九年前，銀姑帶了女兒從廣東佛山逃到湖北，在湯沛府中投身為傭，他見銀姑美貌而逼姦，致使銀姑羞憤之極，懸樑而死。他身為「大俠」，為福康安張目，在掌門人大會上支撐場面，又勾結鳳天南，暗放銀針，連傷多名江湖好手。胡斐挑戰鳳天南時，因袁紫衣改成尼姑裝束進場而驚愕，湯沛乘機連射兩枚銀針，打中要穴，胡斐立即倒地，手中寶刀也撒手飛出，已被置於死地。

圓性用妙計套住湯沛，揭出他逼姦良女的歹凶面目，同時檢舉他「勾結紅花會」的莫大罪名。福康安見圓性言辭嚴密，舉「證」有力，已深信不疑。湯沛身敗名裂，又處於朝廷圍捕的惡劣處境之中，後被圓性追上殺死。

胡斐闖蕩江湖，打抱不平，又有宿仇，故而捲進多件事端，與他為敵的歹徒眾多。除上述主要的敵手外，另外如將馬春花和雙胞胎送回給福康安的蔡威。胡斐聞知大怒，伸足猛踢他背心，蔡威自此筋脈大損，已與廢人無異。這是因友人之事而派生出來的敵手。

胡斐在江湖上也結交了眾多朋友。其中頗為特殊的幾位朋友竟是福康安手下的侍衛，他們在爭奪馬春花及其雙生兒的過程中，欽佩胡斐的武藝和仁義，與胡斐結下友誼。有一位叫聶鉞的武官，馬春花派他約見胡斐。胡斐被福康安發現，福康安一面敷衍馬春花，一面密令手下立即擒捉胡斐。胡斐剛離開馬春花，未出大門，即由四名武官以馬姑娘所贈爲名，誘胡斐打開錦匣，束手就擒。胡斐本不願接受禮物，堅辭不允，可是送禮武官怕不能交差，必受重罰，求聶鉞幫忙相勸。聶鉞勸後，胡斐才允收一件拿去周濟窮人。哪知錦盒是純鋼所做，內藏彈簧機括，是西洋巧匠所製。胡斐雙手被兩把利刃牢牢挾住，腕骨幾乎折斷，利刃即將傷到筋骨，鮮血迸流，送禮武官二前二後，又用匕首頂住胡斐腹背。胡斐必將死無葬身之地。聶鉞目睹此狀，心想：「胡大哥便是犯了彌天大罪，也不能以此卑鄙手段對付。」他對胡斐一直敬仰，這時見此慘狀，又自愧禍出於己，突然伸手抓住銅盒，手指插入盒縫，用力一扳，將胡斐雙手放出，他的雙手還在盒中，被爲首武官一匕首刺死。此兄是一位講信義的烈漢，願以生命維護自己的尊嚴和與胡斐的友誼。胡斐一生受人救助也有幾次，爲救他而丟命的則僅有聶鉞和程靈素兩位。

胡斐的人生哲學

處事篇

初出江湖，胸無城府

胡斐十三、四歲時由平阿四帶領，初涉江湖並因避雨商家堡而留在商老太莊內打工時，絲毫不懂江湖上人心的險惡，胸無城府，毫無防範之心。他接連做錯兩件事，暴露了自己的眞實身分，還差點命喪黃泉。

商老太處心積慮地要報殺夫之仇，親自教誨並督促兒子商寶震半夜秘密練武，還特地樹了兩塊人形的木牌，分別寫上仇人胡一刀、苗人鳳的姓名，作爲訓練兒子練習飛鏢的靶子。胡斐發現這個秘密後，將「胡一刀」三字刮去，改成「商劍鳴」三個字。商老太大怒，以爲是馬行空的女兒或徒弟所爲，正在查問之際，胡斐挺身而出，承認是自己所爲，使在場眾人無不大出意外。

胡斐眼見父親的名字和以父名命名的木牌被人天天用金鏢射擊，極感憤怒，是人之常情，暗中搗亂，調換姓名，也可理解。商老太錯怪別人，他挺身自承，雖然太顯老實，但好漢做事好漢當，不讓別人頂罪，也是俠義之士的行爲。而商老太城府很深，她本來厲聲逼問，見胡斐出頭，她卻反而放低了嗓子，說道：「阿斐，原來是你。」又耐心詢問：「你這麼做，爲了什麼？」胡斐道：「我瞧不過眼！是英雄好漢，就不該如此。」商老太沉住氣，點頭道：「你說得很好，好孩子，你很有骨氣，你過來，讓我好好地瞧瞧你。」說著緩緩伸出手去。她不僅不生氣，反而稱讚表揚，顯得公允大度。胡斐倒不料她竟會不怒，又被她的讚揚所迷惑，便走近身去。商老太輕輕握住他雙手，低聲道：「好孩子，眞是好孩子！」再表揚一句，趁講這句話的時間，突然間雙手一翻，兩手各扣住胡斐一隻手的要穴，胡斐全未防備，登時全身酸麻。商老太唯恐他掙扎，又飛腳踢中他的另一要穴，命莊丁用鐵鏈繩子反綁手足，吊在練武廳上。商寶震用皮鞭足足抽了三百多鞭，胡斐如無馬春花在旁出聲請求，便要被活活打死。

半夜，胡斐逃出後打敗商寶震，將他丟在樹上，用柳條代鞭抽打。馬春花奔來，胡斐看在她的面上饒商而走，馬春花問：「小朋友，你到底誰？」他回答：「我是大俠胡一刀的兒子胡斐便是！」終於在仇敵商寶震面前道出自己的眞實身分。而商寶震呢？他曾得母親囑咐，在人前千萬不可吐露身分，以防對頭知悉，難遂報仇大事，所以做到守口如瓶。胡斐則自小缺乏有智慧、有人生經驗的長輩指點，所以只能吃一虧才能長一智，而且每次吃虧不小，才能有所長進。

當晚，胡斐想到商寶震鞭打之仇雖報，商老太暗算之恨未復，於是趕回商家堡大廳尋她決鬥。商老太不信胡斐能自行脫卻鐵鏈之縛，定是堡內奸細相救，問他：「是誰放你走的？是這位馬老拳師不是嗎？」商老太又指徐錚，胡斐盡皆否認，又指馬春花，胡斐心想：「這位姑娘本想救我，雖然沒救，但我感她的恩情卻是一樣。」於是笑著點了點頭，大聲回答：「不錯，這位姑娘是我的救命恩人。」他原意是藉此向馬春花表達自己的感激之意，卻沒想到這句話會給她帶來殺身大禍。

商老太此時已知胡斐身分，廝殺之前還特地問道：「你爹爹胡一刀怎麼不來？」當問悉胡一刀已死，商老太高舉紫金八卦刀，突然放聲大哭，叫道：「胡一刀，胡一刀，你死得好早啊！你不該這麼早就死啊！」胡斐愕然不解：「怎麼這老太婆忽起好心，哭起我爹爹來？」他不知商老太是可惜仇人先死，她未及親手報仇，親刃仇敵。再則又哭又叫，引敵分心，她突施殺手，可一舉翦滅對手。

果然，她大慟三聲，突然止淚，橫刀施出八卦刀絕技「回身劈山刀」，在場眾人皆出於意料之外，福公子、馬春花、徐錚三人年輕，還忍不住驚叫起來。出敵不意，突施絕技，這個殺手，就是江湖好手也未必躲閃得了。胡斐雖賴藝高，讓過此刀，但總因未料商老太的用心險惡，讓她搶到先機。

經過兩場惡戰，胡斐因趙半山突然趕來而獲救。趙半山為清理門戶，與本門敗類陳禹激戰，他正要帶走陳禹，眾人的目光和心思都被牢牢吸引，商老太暗中接近胡斐，兩人相距不過丈許，突然間向胡斐同時發出七枚金鏢。鏢上都餵了見血封喉的劇毒。七枚金鏢分從上下左右急射而來，要想盡數躲過，眞乃千難萬難。胡斐身入險地，強敵環伺，竟也全心全意地觀看別人爭鬥。此時面臨突如前來的勁鏢，失聲叫：「啊喲！」急忙撲倒，方能躲過上面三枚，打他小腹和下盤的四枚再也無法閃躲。幸得暗器大王趙半山出手相救，才又逃出一條小命。

商老太又施毒計，將趙半山和王劍英、王劍傑等困在大廳內，將鐵門關死，用烈火焚燒，竟欲將敵友雙方全部烤死，以報己仇。危急關頭，趙半山施計讓胡斐從狗洞中鑽出。胡斐與商老太母子等惡鬥，要殺敗他們才可撞開鐵門救出眾人。惡鬥多時，胡斐正要刀劈商老太，只見她白髮披肩，半邊臉上滿染血污，他感到這老婆子委實可憐，想改用刀背撞她受傷，自己去開門救人。不想商老太早存同歸於盡之心，拚命糾纏不休，張口咬住胡斐衣服，一起滾入火堆，差點一起喪命。胡斐因商寶震爲救母而尋隙反擊脫身，額頭被刀柄打中，疼痛欲裂。此時他才覺悟：「在這捨生忘死、狠命撲鬥的當兒，我還要去可憐敵人，適才沒送了小命，當眞是無天理。」

數年之後，他重入江湖又有幾次重犯此病，從而失算。他在佛山鎮打敗鳳天南父子，爲鍾阿四一家伸冤，卻中調虎離山之計，被人引開。到他醒悟自己上當，連忙趕回原處，鍾阿四一家三口已被亂刀砍死，再去找鳳天南，鳳氏父子已帶領家族奴僕毀家逃走。

胡斐於江湖上閱歷甚淺，沒能查出絲毫痕跡，鳳天南偌大的一支逃亡隊伍，他一直追蹤未及。一路上留心鳳天南和五虎門的蹤跡，卻是半點影子也沒有。反過來，他自己被袁紫衣追蹤，竟一點未曾察覺；在飯店吃飯，竟連包袱也被她盜走。

後來她與程靈素兩次面臨強敵，他都在危急中忘了程靈素的約法三章，終於中了強敵的劇毒，連累程靈素命喪黃泉。如果說前幾次他因初出江湖而中計誤事，最後一次則事起倉卒，未及細慮，又不懂對手的施毒手法，故而落敗。

臨戰多變，以智取勝

胡斐武藝高強，勝機甚多。有時遇到強於自己的敵手，也能賴機變取勝或避免失敗。他在商家堡戰勝商老太後，王劍傑接替而上，兩人決戰多時，胡斐眼見不敵，突然靈機一動，指出對方人高馬大，身材上占了便宜，要站在凳上再打，否則「五年後等我長得跟你一般高了，再來決個勝敗」。於是他借長凳再打，又鬥多時，又要落敗，他情急智生，突然哈哈大笑，指責對方人多勢眾，「齊心合力欺侮我一個孩子」，他藉口也要去叫幫手，準備開溜。雖被商老太截住，未能逃走，但這一耽擱，果然等來趙半山等人，給他贏得新的機會。在商老太的擠兌下，王劍英被激上場，胡斐用家傳怪招支撐，一時也使對方手忙腳亂，又用計巧施斷劍，令對方左掌突受重創。他又聲東擊西，鏢射商老太。武學宗師趙半山眼見胡斐出手以來，幾乎每一招每一式都是異想天開，叫人防不勝防，這一下花巧異常的發鏢，更是炫人心目。眼見商老太在間不容發之中死裡逃生，人人盡皆駭然。田歸農捻鬚微笑，心想這般前揚後發的鏢法，自己原也擅長，只是這小孩裝模作樣的逼真神態，卻遠非自己所及。

胡斐的功力遠不及王劍英，而且尚缺乏臨戰經驗，這次他學成武藝之後連戰四敵，先與商寶震對打，後與商老太、王劍傑連戰兩場，這時與王劍英搏殺。越戰得久，他心思越是開朗，怯意既去，盡力弄巧以補功力之不足。而對手則徒學父藝，只知墨守成法，臨敵時不能隨機應變，另創新意。

陳禹挾持呂小妹作爲人質，逃出商家堡客廳，左足已跨出了門檻。胡斐想出一個怪辦法阻攔。他運氣將一泡尿逼到尿道口，解開了褲子，見陳禹即將踏出廳門，他說道：「陳禹，我有一事請教。」同時將椅子在他身前一放，跳上椅子，突然一泡急尿，往他眼中疾射過去。陳禹一則沒將這孩子放在眼裡，料他無計阻擋自己，二則胡斐並未動武，他不必出手應付或毀掉人質。待尿水急濺到臉上，他急怒之下，左手在眼前一擋，右手一匕首往胡斐刺去，不知不覺中已放開了呂小妹。胡斐早就籌劃好了應付步驟，他雙手提起椅子，身子躍開，椅子砸向陳禹頭頂，陳禹伸手格開，胡斐乘勢一撲，抱住呂小妹，一個打滾，避到邊上。陳禹上前搏鬥，已被趙半山攔住廳口，陳禹失去人質，立即陷入絕境，成了趙半山的囊中之物，插翅難逃。在場群敵恨妒愧罵，又帶著三分驚佩讚嘆：「若非這小子出此怪招，怎能將陳禹截得下來？」

在福康安府中救出因腹中毒藥而痛倒在地的馬春花的半途中，追兵趕到，胡斐手無寸鐵，難以擊退追兵。他情急生智，想到懷中所藏福康安府中放毒藥的金壺，急忙使勁連捏數下，金壺上鑲嵌的寶石登時跌落八、九塊，他用寶石當暗器，打中五名衛士，使這些追兵不敢近逼。他駕著馬車聲東擊西，引開追兵，然後回到宅中。追兵闖進宅內，他倉皇中逃到華拳門中當大官的旗人宅中，在程靈素的用計配合下，將馬春花隱匿在此宅中，又去福康安府中奪回她的孿生兒子。

在程靈素的安排下，胡斐還曾兩次貼鬍子，改變容貌，瞞過敵人。

胡斐的機變過人尤表現在天下掌門人大會上用計解救童懷道。太原府「流星趕月」童懷道，在不到半個時辰之內連敗五派掌門高手，其餘的掌門人憚於他雙錘此來彼往、迅捷循環的攻勢，一時無人再上前挑戰。他便向剛進場正與湯沛互相寒喧、吹捧的田歸農挑戰。田歸農笑道：「不忙吧？」童懷道點穿說：「反正遲早都是一鬥，乘著我這時還有力氣，向田老師領教領教。也免得你養精蓄銳，到最後來撿現成便宜。」當場有不少人喝起采來，感到他拆穿田歸農的陰謀，很是痛快。田歸農靠狡詐僥倖得勝，故意作弄他，點他穴道又不肯解穴。童懷道被點穴後只能站著不動，擺著個揮錘擊人的姿式，橫眉怒目，模樣極是可笑。無人敢去救助他，在陝西開設鏢局的五台派掌門大弟子李廷豹，仗義上前喝令田歸農解穴，不料中其奸計，害童懷道跌倒在地，福康安與眾貴官哈哈大笑。笑聲未絕，忽聽得呼呼呼三響，三只酒杯飛到半空，只見三杯互相碰撞，乒乓兩聲，撞得粉碎。眾人目光受此吸引，童懷道手中握著一只酒杯，已然站起。原來胡斐擲杯飛空相撞，引開眾人目光，他又以另一酒杯打中童懷道背心的穴道，解開他被點的穴道。湯沛奸猾，從擲杯的方向認出是胡斐出手，上前查問，胡斐不承認，但酒席上確缺四只酒杯，湯沛與胡斐碰杯，胡斐的杯子碎裂，瓷片和熱酒沖擊到胡斐胸口，好似沒有絲毫內功，瞞過湯沛。

胡斐的智慧機變，先瞞過眾人，又騙過湯沛，既救助童懷道，使田歸農和福康安一夥大煞風景，又不暴露自己，老奸巨滑的湯沛查不出對手，一籌莫展，只好忍氣吞聲退回原座。

掌門人大會之後，在陶然亭，胡斐遇圍捕陳家洛等人的清廷大內十八高手。他連克四滿、五蒙之後，未曾喘息，又被九藏僧包圍，加之徒手無刀，形勢危急。文泰來飛刀相借，胡斐見鋼刀飛來，破空之聲嗚嗚大作，勁勢十足，兩名藏僧飛躍讓開。胡斐正思慮藏僧擺成怪奇陣勢，不知如何破法，見二人閃避飛刀，馬上心上一計。只見他眼見飛刀入手，卻不接刀，手指在刀柄上輕輕一轉，強勁的刀勢掉轉方向，那柄刀激射而上，直衝上半空。九名藏僧均感大惑不解，情不自禁地抬頭而望。胡斐乘機欺身搶上，奪過一名藏僧的戒刀，揮刀成風，此起彼落，九名藏僧斷臂折足，慘呼倒地，中了胡斐的誘敵分心之計。勝得極巧，也勝得極險，胡斐迅捷解決戰鬥，一輪快刀砍完，正好接住。

滑稽對敵，嬉弄兇頑

胡斐性格幽默，在與兇徒搏鬥時喜歡嘲弄譏諷對方，出語滑稽風趣，非常生動有力。欺壓弱者的鳳天南被稱爲南霸天，氣焰囂張，不可一世。胡斐打敗鳳一鳴，鳳天南前來救護，他大聲宣稱：「老爺行不改姓，坐不改名，大名鼎鼎『殺官毆吏拔鳳毛』便是。鳳毛拔不到，臭雞臭鴨的屁股毛拔幾根也是好的。」藉鳳天南的姓做文章，張自己志氣，滅惡徒威風。與鳳天南搏殺時，利用角鬥場地的設施，再次嘲弄頑敵：他右手一揚，鳳天南的帽子飛出，正好套在旁邊的石蛇頭上，一掌擊斷龜頭，將鳳天南的長辮繞在石龜頸中。鳳天南在眾人面前蒙受奇恥大辱，怒火更盛。胡斐用嘲弄的語言和動作，殺歹徒的風景，激怒對方，使之失態，非常有效。

胡斐對敵人向來滑稽。胡斐第二次上玉筆峰探看時，賽總管帶眾人來伏擊苗人鳳，他們商議的計畫被躲在床帳中被窩內的胡斐聽得一清二楚。賽總管與六名衛士躲在書架之後、櫃中和床底。鑽在床底的人最多。以他往日脾氣，他要重施故技，揭開褥子，往床底下撒一大泡尿，將眾衛士淋一個醍醐灌頂。但心中剛有此念，想到苗若蘭睡在身旁，不能胡來，才饒了這幾個衛士。

胡斐最後在寶庫中攻擊寶樹時，並不一下子將他擊斃，而是指彈珍寶，逼令寶樹縱高竄低，東西奔躍，卻又彈不虛發，寶樹醜態百出，痛得高聲號叫，在地下滾來滾去。胡斐有意要讓他多吃苦頭，受盡折磨再死，實因寶樹太為可惡，胡斐此法在深惡痛絕之中，也有故意嬉弄之意。

胡斐生性幽默滑稽，臨陣對敵如此，對親朋好友也如此。袁紫衣與易吉打鬥，搶他的掌門人之位，差點落水，胡斐抓起船頭拉縴用的竹索，揮向袁紫衣，將她拉起。袁紫衣相謝，胡斐見她剛才用拆字法戲弄易吉，當即回答：「我這『胡』字拆開來是『月十口』三字，看來我每月之中，要身中九刀。」引得袁紫衣歡暢一笑，也用拆字法大大恭賀胡斐一番。兩人同路而行，袁紫衣勸他也搶幾家掌門人做做，胡斐連連搖手，又因前曾被她摔跌在臭池塘中，又被她笑稱為「小泥鰍胡斐」，於是他又說：「我可沒這個膽子，更沒姑娘的好武藝。多半掌門人半個也沒搶著，便給人家一招『呂洞賓推狗』，摔在河裡，變成了一條拖泥帶水的落水狗！若是單做泥鰍派掌門人呢，可又不大光彩。」袁紫衣笑彎了腰，見他模樣老實，說話卻甚是風趣，心中便更增添了幾分喜歡。

胡斐與奸詐過人的田歸農初次交鋒用的是「冷面滑稽」之法，即表面嚴肅、認眞、老實，實則暗中愚弄、戲弄對方。田歸農用毒計毒瞎苗人鳳雙眼，又率眾圍攻，胡斐要救助苗大俠，突然上前吆喝：「且慢！姓田的，你要領教胡家刀法，何必苗大俠親自動手，在下指點你幾路，也就是了！」胡斐一身功夫全是胡家刀法，他卻騙田：「我是苗大俠的朋友，適才見苗大俠施展胡家刀法，心下好生敬佩，記住了他幾下招數，就想試演一番。閣下手中既然有劍，只好勞你大駕，給我餵餵招了！」他故意請苗人鳳先叫出招數，他依招使刀，最後自喝「懷中抱月」一招，以虛變實，打得田歸農吐血而逃。胡斐故意裝外行學刀，戲弄刁猾而又驕橫得不可一世的田歸農，並將他打得大敗而退。

行事瀟灑，除惡務盡

胡斐初遇程靈素，向她問路，她是村姑打扮，貌不驚人，卻頗顯傲慢，先不回答問路，而是令他挑糞水，又態度生硬地責怪他，令他重挑一擔糞水之後澆花。指引途徑時，又送他兩朵藍花。胡斐一切照辦，澆花後怕落「市恩」的動機，不再問路而別。村姑送他藍花時，全不知此物將救他性命，只是想：既是人家一番好意給的東西，我自應好好收著。他按照程靈素的指點，尋到圓屋竟一無所獲，回到程靈素的茅舍已近半夜。她招待胡斐和鍾兆文白飯、素菜，胡斐說聲「多謝」，端起飯碗提筷就吃。心想：「這位姑娘對我若有歹心，絕不能送花給我。雖然防人之心不可無，但若是不吃此餐，那定是將她得罪了。」胡斐又想，我反正吃了，少吃若是中毒，多吃也是中毒，索性放開肚子，吃了四大碗白米飯，將三菜一湯吃得盡是碗底朝天。鍾兆文小心提防，不敢吃程靈素的飯菜、茶湯，反而中毒，胡斐放膽而吃，聽從靈姑娘安排，抱著信任和聽其自然的瀟灑態度，倒一點沒事。程靈素對胡斐說：「他處處小心，反而著了我的道兒，是不是？處處小心提防便有用了嗎？只有像你這般，才會太平無事。」

胡斐這樣做，是因爲他人生地不熟，對施毒解毒一竅不通，無法判斷如何做才好，目測程靈素不似壞人，雙方又無利害關係，所以抱信任、聽從的態度爲上策，又顯得瀟灑大方。他果然贏得程靈素的歡喜，不僅出力幫助他，替苗大俠治眼睛，更且成爲他的紅粉知己和非常有力的，或者說是最佳的助手。

十年後，胡斐的閱歷已多。他初上玉筆山莊，苗若蘭反客爲主，招待他酒食。苗若蘭見他瀟灑大方地飲酒，對自己毫無疑心，問他：「我曾聽爹爹說起令尊當日之事。那時令堂請我爹爹飲酒，旁人說道須防酒中有毒。我爹言道：『胡一刀乃天下英雄，光明磊落，豈能行此卑劣之事？』今日我請你飲酒，胡世兄居然也是坦率飲盡，難道你也不怕別人暗算麼？」

胡斐一笑，從口中吐出一顆黃色藥丸，說道：「先父中人奸計而死，我若再不防，豈非癡呆？這藥丸善能解毒，諸害不侵，只是適才聽了姑娘之言，倒顯是我胸襟狹隘了。」說著自己斟了一杯酒，又是一飲而盡。

雖有防人之心，但一經詢問，眞人面前不說假話，坦然自責，立即改正，這樣的待人態度仍很瀟灑大方。

胡斐處理恩仇也瀟灑別緻。他路遇馬春花，見「群盜」圍攻她，以爲要劫鏢，挺身而出，捨命相救；後知內中別有曲折，馬春花情願追隨福康安，便立即袖手旁觀。在福康安府中，馬春花約見他欲加以重用，他漠然置之；探知福康安與其母要暗害馬春花，他又不顧自身安危，救出中毒的馬春花，又兩次奪來雙生兒，送還馬春花，最後應馬春花的請求，收兩兒爲義子。馬春花臨終時竟不忘舊情，渴望再見福康安一面。胡斐見陳家洛相貌、身材與福康安酷似，竟請求陳家洛冒充福康安，扮演情人角色，演出訣別場面。胡斐想出這個荒唐的異想天開的念頭，自己也覺忸怩不安，難以出口。幸虧陳家洛是一位胸襟開闊、行爲瀟灑的英雄，聞之不以爲怪，微笑道：「我輩所作所爲，在旁人看來，哪一件不是荒唐之極？哪一件不是異想天開？」胡斐好生感激，暗想陳家洛叱咤風雲，天下英雄豪傑無不推服，今日與自己這個無名小輩初會，即一口答應自己荒誕不經的請求，以後甘願追隨這位總舵主赴湯蹈火，萬死不辭。

胡斐對有殺父之仇的苗人鳳，不僅未在苗人鳳危難之際，順手藉機報仇，還多次出手相救，救他本人，還救他的女兒。胡斐看到苗大俠光明磊落，慷慨大度，胡斐自己又抱君子絕不乘人之危的人生原則，更不忍見苗大俠中小人之詭計而命喪鼠輩之手。胡斐要報仇，便光明正大地決鬥一場。胡斐救出苗人鳳，都是力戰強敵才取勝，尤其是爲救治苗人鳳被毒瞎的雙眼，履險處危，艱難萬分，充分顯示他瀟灑大度的豪邁氣概。

我們指出胡斐行事瀟灑這個處事的特點，所謂瀟灑，意爲神情、舉止、風貌、待人接物和處世處事自然大方，不拘束，有韻致。韻致，即風度韻味。韻味，即自然含蓄的意味和氣質。胡斐對待頑凶蠡賊如鳳天南、田歸農、閻基之流，嫉惡如仇，除惡務盡的態度，也是胡斐行事瀟灑的一種表現：宜將剩勇追窮寇，不可沽名學霸王，不管別人說什麼，我走自己的路。他數千里奔波跋涉，追殺鳳天南，不論是誰出面求情，一律不理，對鳳天南格殺不赦；田歸農封刀掛印，金盆洗手之日，他依舊下書挑戰，照殺無赦。

除惡務盡，是胡斐的一大人生原則。既是原則，當然一生恪守，無違背之理。可是胡斐在特殊情況下，也作了通融。在寶庫內，他與寶樹即閻基狹路相逢，閻基還先下手爲強，對胡斐痛下毒手、殺手。胡斐新仇舊恨交織在心頭，怒不可遏，拾起珍寶，彈射此人，要將他折磨致死。眾人縮在洞角，凝神觀看，個個嚇得心驚肉跳，連大氣也不敢喘一口。此時——

苗若蘭聽寶樹叫得淒慘，心中不忍，低聲道：「這人確是很壞，但也夠他受的了。饒了他吧！」胡斐生平除惡務盡，何況這人正是殺父害母的大仇人，但一聽苗若蘭之言，突然覺得自己正處於極大幸福之中，對這世上最大的惡人，憎恨之心也登時淡了許多，當即左手一擲，掌中餘下的十餘件珍寶激飛而出，叮叮噹噹一陣響，盡數嵌在冰壁之中。

即使如此，他攜苗若蘭之手，轉身出洞時，將洞口的巨岩推回原處，牢牢的堵住了洞門，洞內諸人萬萬不能出來。苗若蘭心中不忍，道：「你要他們都死在裡面麼？」胡斐道：「你說，裡面哪一個是好人，饒得他活命？」他索性將包括闔基在內的群惡關在洞內，一網打盡！

胡斐待人處世，不管對友對敵，都瀟灑自然，內心坦蕩，光明磊落，無往而不勝。但也有人認為卑鄙小人往往能取得成功，金庸先生也接受了這個觀點。金庸先生在一九九七年美國科羅拉多大學舉辦的金庸小說國際研討會上所作的發言中講到：

我在這裡要向大家透露一個小小的秘密：我的作品正在進行第三次的修改。……在第三次修改中，我能聽聽大家的指教，特別難得。例如我在這次會上聽到華東師大李先生的發言，就很受啓發，對修改《越女劍》一篇短篇就很有幫助。李先生說，在吳越之爭中，吳國是文化很高的文明之國，越南則是文化很低的野蠻之國。越王勾踐為了打敗吳國，使用了許多野蠻卑鄙的手段，勾踐實際上是個卑鄙小人。卑鄙小人取得成功，這在中國歷史上是條規律。我日後修改《越女劍》將會吸收李先生的意見，不過，不可能重寫太多。

金庸先生接受了華東師大這位李先生似是而非的誤導。李先生的這個觀點實則大謬不然。在封建專制制度的培育和保護下，大批卑鄙小人取得成功，戰勝光明磊落、心胸坦蕩之士，釀成種種悲劇。但決定歷史大局之事，不管經歷多少曲折，最後獲勝的往往是手握仁義的得道之人。吳越之爭，勾踐本人十年臥薪嚐膽，才終獲成功。他坦率承認自己的失誤導至越國的戰敗，敢於承擔歷史責任，又敢於發憤圖強，反敗爲勝。勾踐取得吳越之戰的最後勝利關鍵，還在於他倚重范蠡和文種。《史記．越王勾踐世家》記載范蠡言說勾踐：「兵甲之事，種不如蠡；鎮撫國家，親附百姓，蠡不如種。」勾踐聽從范蠡之言，於是以范蠡治軍，以文種治國，果然達到滅吳的目的。而與范蠡、文種一樣，同樣是來自楚國的傑出人才伍子胥，受吳王闔廬重用之，吳國重創楚國，稱霸天下；夫差不聽伍子胥忠諫，重用奸佞，驕奢淫逸；終於國亡身故。涂又光先生所著《楚國哲學史》是二十世紀中國和世界最傑出的哲學史著作之一，其分析吳越勝負之因果，也極爲精闢。由於伍子胥、范蠡和文種都是外流的楚國人才，人才外流，就是文化擴散，因此涂又光先生認爲：「吳越霸業是楚文化和哲學的延伸。」並說：

春秋後期，吳越強盛起來，吳王、越王相繼成為中國霸主。這些霸主，都有「搖鵝毛扇」的軍師，如吳王闔廬的伍子胥、越王勾踐的范蠡，他們都起了決定性的指導作用。

范蠡幫助勾踐伐吳成功的軍事謀略，皆有高明的哲學思想爲指導。涂又光先生指出：

范蠡的哲學言論，具見於《國語・越語下》，頗有空言，實非空言，皆為行事而發。范蠡在越行事的全部內容，是處理越吳關係。其行事的中心是伐吳，其行事的目的是滅吳。

伐吳是一個軍事問題，又不只是一個軍事問題。軍事問題講到根本，就是哲學問題。

接著具體分析范蠡以高明的哲學觀點指導勾踐。范蠡說：「夫國家之事，有持盈，有定傾，有節事。」持盈者遵遁天道，重視天時，教導勾踐和越人正確選擇伐吳的時機。定傾者遵循人道，指導勾踐從吳王夫差本人的實際規律出發，不惜「卑辭尊禮，玩好女樂，尊之以名」；不惜勾踐「身與之市」，親身與之作政治交易；不惜以大夫、士之女爲質，「隨之以國家之重器」；不惜交出越國鑰匙，勾踐「以身隨之」，由吳國「君王制之」。夫差經過如此「與之」，果然解除了對越國的戒備，遣送勾踐君臣回國。越國果然達到定頃之目的，成爲再舉伐吳而滅吳的前奏。節事者遵循地道。所謂「節事」，就是辦事。辦什麼事？一是生產，二是國務，國務爲生產服務，以生產爲根本。強調富國強兵，教導勾踐和越人，在伐吳時機未到時，努力創造條件，積極進行準備。

涂又光《楚國哲學史》第九章〈范蠡．文種〉凡七節，其標題爲：第一節，吳越霸業是楚文化和哲學的延伸；第二節，兩位佐越滅吳的楚人；第三節，范蠡論天地人；第四節，范蠡論用兵；第五節，范蠡論經商；第六節，文種的辯證法；第七節，怎樣對待成功和功臣。從哲學的角度和高度，全面深入分析越吳之戰的勝敗因果。勾踐滅吳，並非靠卑鄙小人的陰謀詭計去戰勝光明磊落的仁義君主，而是依仗傑出人才的出色謀略和長年培育的國力兵力，擊敗在驕奢淫逸暴君統治下的吳國。越勝吳後，勾踐逼走范蠡，誅殺文種，扼殺人才，越國的霸業便停滯不前，並迅速走向衰落，最後終於亡於楚國。

因此，以越王勾踐打敗吳國爲例，總結「卑鄙小人取得成功，這在中國歷史上是條規律」，是似是而非之論。秦始皇統一天下，靠的是人才薈萃，至二世而亡，因爲暴虐和殺害人才（李斯和蒙恬等）。朱元璋能滅元建明，也是靠大量的人才，他得天下後濫殺功臣，其結果是嫡傳皇孫被燕王朱棣翦滅。漢、唐盛世，皆因重用人才，以仁義治天下。宋太祖趙匡胤奪得天下，有宋一朝尊重人才，尊重知識分子，故而經濟發達，文化發展達到封建時代的最高峰。所以，以仁義立國有賴人才治國，才是中國歷史發展的一條規律。

作爲一個人才，光明磊落，瀟灑自然，但又富於智計，才藝出眾，又善於識人，便能戰勝一切卑鄙小人而立於不敗之地。胡斐便是如此。

胡斐的人生哲學

人生觀篇

胡斐的人生態度

胡斐自少年時代起，即有一個積極向上、自強不息的正確人生態度。積極向上、自強不息的人生態度，是珍惜和熱愛自己生命的唯一正確態度。人的生命只有一次，人生即使長達百年，與天地宇宙相比，還是非常短暫的；與人類的歷史相比，也是非常短暫的。因此，我們每個人應該珍惜和熱愛自己的生命。

珍惜和熱愛生命，體現在提高生命的質量。我們要提高生命的質量，就要做到德智體美的全面發展。胡斐便是這樣做的，而且做得卓有成效。

本來，胡斐是一個命運最不濟的人。他出生五天便父母雙亡，成了孤苦伶仃的孤兒。他又無家產、金錢的繼承，是一個貧苦的孤兒。

不少命運差的人，大罵命運不公。古希臘悲劇家歐里庇得斯說得好：「向命運大聲叫罵又有什麼用？命運是個聾子。」

不少命運差的人，大求命運轉變，好運光臨。英國國王查理五世講得好：「命運有點女人的氣質，你越向她求愛，她越遠離你。」故而咒罵惡運、懇求好運都沒有用，人只能靠自己的努力來轉變命運。努力，不能盲目要靠智慧，莎士比亞說：「當智慧和命運交戰時，若智慧有膽識，敢作敢為，命運就沒有機會動搖它。」胡斐的作為，印證了西哲的名言，他靠自身的努力，智慧的指引，創造自己的美好前景。

一個貧困的孤兒，可能有下列命運：無人撫養、照料，或得不到妥善、精心的照料，在貧病中夭折。胡斐幸虧有平四叔，得到他全心全意的關心、愛護，在他的撫養下，順利成長。這是胡斐不幸中的大幸。平阿四對胡一刀感恩戴德，他撫養、保護胡斐，作為對胡一刀資助和平等對待自己的報答。胡一刀夫婦平生積德，澤被後代，值得人們學習、仿效。有的孩子機遇好，如英國女作家喬治·安略特的《織工馬南傳》描寫私生的女嬰被母親遺棄在雪地中，幸得織工賽拉斯·馬南拾回，撫養成人。又如法國雨果《悲慘世界》中的珂賽特，她的母親芳汀亡故後，冉阿讓從惡徒德納第手中將她救出，並撫養她長大。

孤兒能平安長大，像平常人一樣找到自食其力的機會，在封建時代，已屬上上大吉。

有的孤兒被黑社會中的團夥和歹徒拉下水，充當犯罪的工具，其下場便十分可悲。狄更斯《霧都孤兒》（即《奧立弗．退斯特》）中的主人公奧立弗、退斯特即受人脅迫，淪爲小偷。他後來轉變命運，否極泰來，當然是幸運的。有不少孤兒被壞人利用、作弄，遭到毀滅。女孩子則被賣到妓院，淪入火坑。

少數孤兒經過艱苦奮鬥，成長爲出人頭地的傑出人物。胡斐即如此。他刻苦自學武功，終成大俠。胡斐自學成才，也有先天的基礎。他有父母留給他的遺傳因子，在學武方面極有天賦；另外，父親留下的拳經刀譜，成爲他自學武功的優秀教材。

一般的孤兒，沒有胡斐這樣好的先天條件，但經過後天的刻苦努力，將自己培養成一個普通的人才，總是做得到的。

胡斐在道德、品德方面是非常優秀的。他心地善良，滿懷仁義，對世上萬事萬物和芸芸眾生充滿了愛心。

也有一些命蹇運乖、處境惡劣、貧病交加的人，心情變得冷漠刻薄起來，自己倒楣，就怨天尤人，甚至忌恨別人，希望大家也別過好日子，也和他一樣倒楣，做出缺德犯法之事。這種心態便會進一步毀滅自己，淪落到萬劫不復、無可救藥的地步。一個人處境再壞，命運再差，也要多做善事，多懷愛心，在困頓中奮發，努力上進，求得命運的轉機。胡斐就是這樣。他初入商家堡時，衣衫襤褸，面容黃瘦，猶如小叫化子一個，卻挺身而出，指責苗夫人對親生幼女的冷酷無情；他對馬春花出言求情的一言之恩，銘記於心，感受到人間溫情的可貴。他作爲孤苦少年，在商家堡被仇家圍困，身處險境，自顧尚已不暇，卻幫助趙半山截住傷天害理的殺人兇手陳禹。孤苦少年胡斐珍惜生命，對扼殺無辜生命的兇手嫉惡如仇的道義和精神，趙半山深爲感動。

胡斐刻苦自學高深武功，在學習武功的過程中培育自己的智力，又在闖蕩江湖的人生閱歷中發展自己的人生智慧。他善於自覺地思考和總結經驗教訓，從而年紀輕輕，已然成爲一個出眾的智者，用智慧指導自己的人生之路。二十歲以後，他的生存條件有了很大的改善，於是用功讀書，讀書更能明理，智慧的發展更能突飛猛進，進入掌握智慧的高級層次。

胡斐自幼自覺學武，他有健壯的體魄。除德智體全面發展外，他也同時重視美育。

胡斐在雪峰上初遇苗若蘭，苗若蘭在古琴上演奏名曲，胡斐不僅能欣賞，還能背誦曲辭。古琴是古代最高雅的樂器，古人重視人的藝術修養，琴棋書畫是高雅人士必備的藝術修養。

古琴是中國本土的樂器，約在三千多年前已產生，《詩經》中已有記載。至漢代以後，古琴已形成我們今日所見的形狀，流傳至今的樂曲有三千餘首之多。古人認爲，音樂能夠修身養性、陶冶情操，古琴更有這種作用。現代青年仍有一些古琴愛好者，單是上海，業餘學古琴的約有近二百人，職業、年齡各不相同，有博士研究生，也有飲食店的服務員，女性則多於男性。此外還有各種膚色的外國人。在物質文明日益璀璨的大都市裡，越來越多的人們湧現了自覺吸收中華傳統文化精髓的願望，以充實自己的內心。清香一炷，靈巧的雙手在七根弦上便能發揮超凡脫俗的表現力。一位學古琴已有一年的澳大利亞青年安東尼，原是演奏單簧管和薩克斯風的，到了中國，卻被古琴吸引住了。在他看來，西洋樂器是演奏給別人聽的，而古琴只彈給自己聽。「它的獨特性體現在所有方面，比如音色特別豐富，抒發內心的方法直截了當。你彈奏的時候，琴是你身體的一部分。」的確，古琴是一人獨處時解脫孤單、寂寞、惆悵、悲傷的美妙樂器。即使是數人會琴，人們也會在琴聲中沉入遐思，每個人都從中看見了自己不同的世界。錚錚的琴聲，輕輕悠悠，散發出純粹的無窮的詩意。

實際上西洋樂器也有這樣的動人效果。柯南道爾筆下的大偵探歇洛克·福爾摩斯，在破案遇到巨大困難時，爲調劑腦筋，也會拉起小提琴。悠揚的琴聲，使他的朋友華生理解他的內心。

胡斐熱愛藝術，懂得藝術，富於審美能力，生活充滿情趣。明人張岱認爲人無癖好者不可取。一個心理健康的人要有健康的愛好。一個有藝術愛好的人，無論音樂舞蹈、戲劇電影、書法美術，生活永遠充實，他不會感到寂寞孤獨，不會消極消沉。

胡斐自我設計人生的追求，做到德智體美的全面發展，提高自己的生命質量，是熱愛人生和善於享受人生，重視人的精神追求的正確途徑，是值得青少年讀者仿效和學習的。

置生死於度外的可貴情義

胡斐珍惜自己的生命，相當完美地設計自己的人生，但必要時又能義無反顧地不惜犧牲自己的生命，以維護天地公理和道義。

匈牙利詩人裴多菲的名詩說：

生命誠可貴，愛情價更高。
若為自由故，兩者皆可拋。

胡斐爲正義和情義主動冒險共有三次。第一次是譴責苗夫人對女兒無情無義，使田歸農勃然大怒，他一面喝罵：「小叫化，你胡說八道什麼？」一面長劍出鞘，提劍刺殺胡斐。此時的胡斐年幼力弱，武功不強，差點命喪於田歸農的劍下。第二次爲救治苗人鳳毒瞎的雙眼，向毒手藥王去求解藥，深入險地，在防不勝防的毒藥高手面前，陷入險境。第三次深入福康安「侯門似海」的府邸中，救出中毒的馬春花及其雙生子。

胡斐兩次進入瀕死之境，眼看難以生還。第一次，他與程靈素遇到石萬嗔、慕容景岳、薛鵲三人，搏鬥中，胡斐中了石萬嗔的三大劇毒，倒在地下，動彈不得。他知道無法救治之後，心頭湧上了許多往事：商家堡中和趙半山結拜、佛山北帝廟中的慘劇、瀟湘道上結識袁紫衣、洞庭湖畔相遇程靈素，以及掌門人大會紅花會群雄、石萬嗔……這一切都是過去了，過去了……

臨終前，他不禁像放電影似的迅速回顧了自己短暫的一生。接著——

他只覺全身漸漸僵硬，手指和腳趾寒冷徹骨，說道：「二妹，生死有命，你也不必難過。只可惜你一個人孤苦伶仃，做大哥的再也不能照料你了。那金面佛苗人鳳雖是我的殺父之仇，但他慷慨豪邁，實是個鐵錚錚的好漢子。我……我死之後，你去投奔他吧，要不然……」說到這裡，舌頭大了起來，言語模糊不清，終於再也說不出來了。

他因救治苗人鳳而結識程靈素並沾染毒家群惡相害的後果，他中毒而死，毫不介意，心中唯一掛念的是程靈素日後的生活。程靈素捨命爲他救治，胡斐堅決反對她以自己的生命來換取他的生命，胡斐只想張口大叫：「我不要你這樣，不要你這樣！」但除了眼光中流露出反對的神色之外，實在無法表示。

胡斐自己願意捨己救人，每次遇險，都擋在她之前，但他卻不願程靈素爲他而死。

第二次，胡斐在滄州祖墳祭奠父母時，被福康安派人與田歸農等埋伏的眾高手包圍，胡斐與眾武士生死角鬥，連連得手。田歸農乘機偷襲，他的武功也不怎麼，現已遠不是胡斐的對手，可是他手持的寶刀，鋒銳絕倫，實所難當。胡斐不敢以單刀和田歸農的寶刀碰，一味騰挪閃躍，展開輕身功夫和他游鬥。旁邊十餘名敵人又一起圍了上來，另有三人去攻擊圓性，胡斐稍一分心，單刀便被寶刀削斷。胡斐面對福康安派來的二十七人，第一陣短兵相接，他已傷斃敵方九人。現在敵方包括田歸農共十八人，將他倆團團包圍。

剛遇強敵之時，他倆只要有一人應敵，另一人即可脫走；兩人要一起突圍逃走原本不難，可惜圓性在追斃湯沛時受了重傷。圓性道：「你只管往西闖，不用顧我，我自有脫身之策。」胡斐胸口熱血上湧，大喝：「咱倆死活都在一塊！你胡說些什麼？」此時他們被十八強敵圍住，胡斐勸圓性：「我向東衝出，引開眾人，你快往西去。」可是圓性不願意。兩人決計不願在這生死關頭分開；兩人心心相印，原是天造地設極般的一對戀人，可惜因宗教信仰的阻隔，不能相愛，心中極爲悲苦，覺得還是死了乾淨，省得心頭長痛。裴多菲：「生命誠可貴，愛情價更高」二語，的確唱出眾多未遂戀人的心聲。所以胡斐拉住圓性的手，說道：「好！袁姑娘，咱倆便死在一起。我……我很是喜歡！」胡斐在被殺之前，伸手挖土，心想：「不管如何，確是先葬了二妹的骨灰再說。」瀕死之際，心中滿懷的都是情義。

胡斐將情義看作高於生命，不惜以身殉情殉義，充分展示了他作爲大俠的本色。

胡斐臨死之前，想到的都是別人，唯獨沒有自己。他在爲程靈素挖墳時，偶一轉頭，瞥見圓性合十下跪，神態莊嚴肅穆，忽感喜慰：「她潛心皈佛，我何苦勉強要她還俗？幸虧她沒答應，否則她臨死之時，心中不得平安。」胡斐自己終身追求自由，反對和反抗壓迫凌辱的黑暗勢力。他也尊重圓性有宗教信仰的自由。

圓性勸慰道：「借如生死別，安得長苦悲？」兩人訣別時，圓性雙手合十，輕念佛偈：

一切恩愛會，無常難得久。
生死多畏懼，命危於晨露。
由愛故生憂，由愛故生怖。
若離於愛者，無憂亦無怖。

念畢，悄然上馬，緩步西去。胡斐望著她的背影，那八句佛偈，在耳際心頭不住盤旋。

這八句佛偈的大意謂：一切因恩愛而會聚的人，所懷的情意短暫而不能長久。這是因為一個人在生死之中，即一生中有很多的畏懼，或環境不好甚至險惡，或遇壞人壞事，憂懼不斷，而人的一生像早晨的露水很快便會曬乾一樣，生命非常短暫。因為有所愛而產生種種憂患和恐怖，如果離開、放棄所愛，一個人便無所憂患和恐怖了。

佛教認為人生是沒有意義的，人生的幸福是虛幻的，一切都是空，人一死什麼都沒有了。所以人生中的重要內容——愛情，也是沒有意義的，是虛幻的、空的，最後（指人死）總要失去。圓性是佛教徒，她堅信佛教的這個「色空」觀念。胡斐懂得她所講的意思，但他不信這套理論，他依舊追求人世間的幸福。他後來與苗若蘭定情，找到了自己的愛情歸宿。

佛偈，原是佛教經典中的一種文體，即偈頌，原是一種讚頌詩。梵文中的偈頌，往往有首頌、結頌，結構嚴密，還有嚴格的音節格律的規定。譯成漢語時，爲便於頌讀和理解，便按中國古詩的五言詩或七言詩的形式，也有六言、四言的，常採用通俗口語，以利向大眾弘揚佛法。自唐代慧能創立南宗禪以後，偈頌開始廣泛地用來傳示心法，逐步講究韻律，演化成爲五言、七言的格律詩，用象徵性的形象化的詩句，也用邏輯性強的概念化的語言。如圓性念的佛偈即用佛教哲學的哲理性語言傳達佛教的一種生命觀，這種生命觀，給胡斐帶來了心靈的痛苦。他以無限痛苦和惆悵的心情，與袁紫衣訣別，獲得眾多讀者深深的同情。

珍惜生命和不殺無辜

在《飛狐外傳》第二十章〈恨無常〉中，小說作者評論胡斐此人「人雖粗豪，心腸卻軟」。心腸軟，講的是性格，指的是心地慈悲、善良富於同情心。胡斐的這種性格和心地，突出表現在他珍惜生命和不殺無辜。

與金庸武俠小說中的其他英雄相比，胡斐自出入江湖以來，從未錯殺一人，從來不殺無辜，殺人非常謹慎。即使對他認爲應殺該殺之人，他也經常猶豫，下不了手，要反覆斟酌，才考慮下手。

商老太母子將胡一刀的姓名寫在木牌上，作爲練鏢的靶子。胡斐發現後，將「胡一刀」三字改爲「商劍鳴」，遭到商老太母子的嚴刑拷打。胡斐並未像其他武俠一樣，對傷害過自己甚至因對方的一句辱罵或不敬，便要了人家的性命。他不過是找機會將商寶震也吊起來打一頓而已。商老太火燒鐵廳，欲不分青紅皀白地置眾人於死地，胡斐從狗洞鑽出，極爲狼狽驚險，他也只想逼商氏母子退開，他可撞開鐵門，救出眾人而已。搏鬥中，甚至還可憐商老太年邁，不忍下殺手。

鳳天南父子惡貫滿盈，本該領死。可是父子倆孝敬、舐犢情深，都願自己領死好讓對方活命，胡斐目睹此狀，便覺猶豫，未忍馬上下殺手，爲對方一念之仁所打動。

西嶽華拳門老拳師蔡威，爲討好福康安，密告雙生兒的秘藏之處，害得垂死的馬春花失去愛子，痛不欲生。胡斐大怒，也僅將蔡威打成重傷，失去武功，並不取他性命。他報仇，能適可而止，並不隨便輕易地痛下殺手。

保護馬春花，與路遇的「群盜」搏鬥時，胡斐也不隨便殺人；陶然亭相遇紅花會群雄時，「四滿、五蒙、九藏僧」組成的「大內十八高手」傾巢出動，前來圍捕。胡斐倉促遇敵，以一人之力粉碎十八高手的三度圍攻。激烈決戰中，他不殺一人，僅重創敵手，使其喪失戰鬥力即止。

寶庫中的群惡，醜態畢露，凶態畢現，胡斐依舊給他們留一條活路，他對苗若蘭說：「我們在這裡等上一會，瞧他們出不出來。哪一個貪念稍輕，自行出來，就饒了他的性命。」

杜希孟是胡斐母親的表兄。平阿四抱著嬰兒時的胡斐投奔杜希孟，杜希孟起心不良，想得胡一刀的武學秘本，又隱約猜到胡一刀夫婦知道藏寶秘密，竟來搜查胡夫人留給孤兒的遺物，平阿四只好抱著胡斐連夜逃下雪峰。家財富饒的莊主杜希孟未能盡責職撫養外甥，還圖謀秘笈、遺物，使胡斐陷入貧困無助的艱難生活中。他又勾結官府，設計捉拿、殺害苗大俠，死有應得。苗大俠饒恕了這個出賣友情的昔日朋友及其同夥，胡斐尊重苗大俠的意願，也放這些人一條生路。

總之，胡斐心地仁厚，遇人處事慈悲爲懷，絕不隨意殺人，而且盡量不殺人。這樣的俠義人物，在江湖武林中，是罕見的。趙半山和苗大俠也如此，但三人的寬厚待人，各有特點，本書前已述及，此不重複。

在殺無赦中顯俠義

胡斐殺人謹慎，經常刀下留人，是對罪不當誅或思悔改者。對怙惡不悛、屢教不改者，命案累累者，卻絕不手軟，追殺不赦。

鳳天南欺凌鍾阿四一家，胡斐打抱不平，鳳天南又乘隙殺了鍾阿四全家。鳳天南懾於胡斐的高超武功，毀家出逃，亡命天涯。胡斐千里追擊，直到京城。他不管鳳天南卑辭厚祿，又有侍衛眾口說情，甚至還有心儀的美人、情人軟語相求，他堅不動心，非殺不可。

胡斐在追殺鳳天南的過程中，大顯俠義。他珍視無辜鄉民的生命，對欺凌、殺害貧民的惡賊視爲己仇。

這一點他也繼承了父親胡一刀的美德。胡一刀在滄州客店中，尊重人人輕賤的癩痢頭平阿四，稱他爲「小兄弟」，讓他叫自己「大哥」，又說：「世人並無高低，在老天爺眼中看來，人人都是一般。」頗有佛家「眾生平等」的高尚思想。胡斐為了素昧平生的鄉民鍾阿四一家的性命被害，不惜開罪美人情人、江湖朋友，誓取鳳天南性命，在江湖武林中也是罕見的。

群惡在寶庫中你爭我奪，胡斐乘機推回巨岩，牢牢堵住洞門，讓他們都死在裡面，一網打盡。他對苗若蘭說：「裡面哪一個是好人，饒得他活命？」裡面的閻基（寶樹）、田青文等歹毒之徒，死得乾乾淨淨，眞是大快人心。除掉這些歹徒的性命，可以挽救不少善良正直人士的生命。

胡斐的生命結局和他的人生觀

胡斐與苗人鳳在冰雪蓋滿的懸崖峭壁上做最後決戰，充分體現了胡斐卓爾不群的人生觀和生命觀。

在臨戰之時，面對天下獨步的苗大俠，胡斐一時之間竟沒了主意，最關鍵的兩個疑問是：

「他是我殺父仇人，可是他又是若蘭的父親。」

「他害得我一生孤苦，但聽平四叔說，他豪俠仗義，始終沒對不起我的爹媽。」

十年前，他與程靈素生死訣別時，也曾評過：

「那金面佛苗人鳳雖是我的殺父之仇，但他慷慨豪邁，實是個鐵錚錚的好漢子。」

這是他親眼目睹苗人鳳上佳言行之後的結論。

今日他被苗人鳳的性急魯莽而拖入險地決鬥的絕境，他想到的還是苗大俠的優點、他與苗若蘭的關係，能不能下殺手，還有好多個難解的疑問。

接著雙方在險地開始比武。

第一個回合，胡斐被苗人鳳撞下山去，跌出懸崖，向下直墜。垂死之際，胡斐慘然一笑，一個念頭如電光般在心中一閃：「我自幼孤苦，可是臨死之前得蒙蘭妹傾心，也自不枉了這一生。」再次表現情義高於生死的高尚純潔的生命觀和人生觀。

第二個回合，苗人鳳腳下的岩石下墜，苗人鳳腳底一空，身不由主的向下跌落，胡斐大驚，連忙伸手去拉，兩人都跌到半崖中的岩石上。生死相搏之間，他還是冒險救出強敵，不靠僥倖獲勝，表現出珍視別人生命的俠義性格。

第三個回合，苗人鳳又露出當年被胡一刀夫人看出的破綻，平阿四將此事告訴過胡斐，所以胡斐馬上抓住這個機會：

胡斐看得明白，登時想起……，不須旁人相助，已知他下一步非出此招不可，當下一招「八方藏刀式」搶了先著。

苗人鳳這一招「提撩劍白鶴舒翅」只出得半招，全身已被樹刀罩住。他此時再無疑心，知道眼前此人必與胡一刀有極深的淵源，嘆道：「報應，報應。」閉目待死。

胡斐舉起樹刀，一招就能將他劈下岩去，但想起曾答應過苗若蘭，絕不能傷他父親。然而若不劈他，容他將一招「提撩劍白鶴舒翅」使全了，自己非死不可，難道為了相饒對方，竟白白送了自己性命麼？

他若不是俠烈重義之士，這一刀自然劈了下去，更無躊躇。但一個人再慷慨豪邁，卻也不能輕易把自己性命送了。當此之際，要下這決斷實是千難萬難……

金庸先生在《雪山飛狐．後記》中說：

《雪山飛狐》的結束是一個懸疑，沒有肯定的結局。到底胡斐這一刀劈下去呢還是不劈，讓讀者自行構想。……讓讀者們多一些想像的餘地。有餘不盡和適當的含蓄，也是一種趣味。在我自己心中，曾想過七、八種不同的結局，有時想想各種不同結局，那也是一項享受。胡斐這一刀劈或是不劈，在胡斐是一種抉擇，而每一位讀者，都可以憑著自己的個性，憑著各人對人性和這個世界的看法，做出不同的抉擇。

金庸先生將難題拋給讀者處理，因爲他已將這個結局寫僵了：他將胡、苗兩俠安排在一塊行將跌落的巨石上，除非有一人迅即被逼下去，減輕岩上重量，這巨岩不致立時下墜，剩下的一人才有活命之望。兩人必須除掉一個。

問題還在於：即使一人被逼下去，這巨岩也不過「不致立時下墮」，故而稍過片刻，這巨岩還是要跌下去，而山壁上全是晶光的凝冰，猶似鏡子一般，剩下的人要爬上山壁去，即使不比登天還難，也是極難做到的。

胡斐這一刀究竟劈還是不劈？根據小說所寫的情節和胡斐的性格，這一刀肯定不劈。因爲他已答應苗若蘭，絕不能傷他的父親，如果苗人鳳跌下去，他回頭怎能有臉去見苗若蘭？而苗若蘭知道胡斐已致其父死命，不是胡斐是否有臉見她的問題，而是今後是否能再見得到她的問題——她可能會悲傷之極而自殺。她有雙重的悲傷：父親慘死，情人食言。她既喪父，又失夫，父親是死於情人的背信棄義，她能經受得了麼？

如果胡斐這刀不劈，苗人鳳已明知他一刀下來自己喪命，他不劈這一刀，分明饒己生命，他會一招使全，將胡斐逼下去麼？根據苗大俠的性格，也不會。

於是，他們失去稍縱即逝的機會，巨石馬上跌落下去，兩人也隨巨石一起下跌，有兩種結果：一，兩人同歸於盡，一起喪命。二，跌到一半，兩人又跌。

抓住機會，落在另一塊石頭上，掛在下面的樹上，等等，終於又僥倖保住性命。但已無法繼續決鬥，於是苗人鳳便有機會弄清胡斐的眞實身分，胡斐與女兒相戀的事實眞相，胡斐也會知道苗人鳳並非殺父的仇人，於是翁婿和好，胡斐和苗若蘭結成美滿婚姻。胡斐攜苗若蘭投奔回疆的紅花會，苗大俠可能也會同去。這是一個皆大歡喜的結局。

胡、苗兩人一起跌下山崖，金大俠總有辦法寫出一個因由，讓兩人活下來。就像小龍女和楊過相隔十六年先後也跌下山崖，照樣也能破鏡重圓。當然，這樣的寫法，偶然性太大。而大團圓的結局又難免落入俗套。

那麼寫胡苗跌入深谷後都不幸跌死了呢？以悲劇告終，而且死得這麼冤枉，更難令讀者滿意。留下文質彬彬、弱不禁風的苗若蘭一人，孤苦伶仃，怎麼辦？既難維持生計，在險惡的江湖中，她的安全由誰保護？

金庸先生感到左右爲難，無法寫出令人滿意的結局，所以聰明地以不結作結，將難題拋給讀者，讓讀者自行構想。

他眞的要想寫一個明確的結局，還可倒過去，修改前面的一些情節，譬如講苗胡兩俠落在一塊穩固的、不會跌落下去的巨岩上，兩人便不必拚個你死我活了。金大俠有的是辦法。

現在這個結局不明、充滿懸念的結局，當然也是非常高明的。這種手法，爲西洋小說所常用。中國小說，尤其是武俠小說則用得少。金庸追求獨創，這個結局的寫法，在一定的程度上，至少在中國武俠小說創作的領域中，可以說是一個獨創。也許是金庸故意爲之，而並不是因爲前面將情景寫僵了，弄得無法結局，不得已而爲之。

胡斐的人生哲學

評語

胡斐是金庸武俠小說所創造的一個相當完美的俠士，是金庸先生自己也特別喜歡的男性人物之一。

胡斐的人生道路獨特而富於傳奇色彩，他的性格和識見卓特不群，給讀者很大的啓發。歸納起來，大致有以下四個方面。

善於自學，重視文化藝術修養

胡斐通過自學來學武功。學習要有教材，他的唯一教材是父親胡一刀留下的一部祖傳拳經刀譜。在家鄉時，他日夜苦練；在商家堡做傭工時，白天在練武廳裡掃地抹槍，每天半夜裡，就悄悄地溜出莊去，在荒野裡練拳練刀。他沒有老師指導，全靠刻苦自學。他善於思考，邊練邊想，想了再練，他懂得：最上乘的武功，是用腦子來練而不是用身子練的。他虛心傾聽和認眞接受趙半山、苗人鳳的指導，他們都只指點一次，胡斐已終身受用，武功不斷精進。

胡斐於二十歲以後頗讀詩書。與苗若蘭應對時，兩人背誦《詩經》名篇並通過漢琴演奏的古曲和背誦曲辭來互通心曲。可見胡斐不僅讀書，也背了大量的書，而且讀、背的程度深廣。胡斐雖外形粗獷，且因「腹有詩書氣自華」，他的內在氣質也打動了飽讀詩書氣質高雅的苗若蘭。胡斐文武雙全，在江湖武林中是個罕見的傑出人才。

這給讀者很大的啓發。我們不管從事武（軍人、警察、運動員）、理、工、法、醫、農，都應注重文化與藝術的深廣修養。

一九九九年十二月，上海《文匯報》報導《想戴博士帽　先過〈老子〉關》介紹：

> 中國科學院院士、原華中理工大學校長楊叔子教授近日表示，今年他的機械專業的博士生，先要背誦《老子》和至少半部《論語》，否則就不能參加博士論文答辯。
>
> 楊叔子認為，博士生作為國家高層次人才，不能不了解中華民族優秀的傳統文化。他舉例說，基督教國家的學生被要求讀《聖經》，伊斯蘭國家

學生要讀《可蘭經》，中國學生要讀什麼？他認為應該讀《老子》和《論語》。

他說，中國不是缺少科技人才，而是缺少人文科學人才。讓博士生背《老子》、《論語》，有三個好處：培育民族責任感、鍛鍊形象思維能力和學會如何做人。

據悉，在一九九八年，楊教授就要求他的博士生要會背《老子》，今年又加上了《論語》。

楊叔子教授的這個教學要求是非常正確、高明和有遠見的。背誦古代經典著作的三個好處，也總結得很好。民族責任感和做人的品德，當然極為重要，是一個人的立身之本。而科學技術工作者，鍛鍊形象思維能力，也極爲重要。科學技術的重大創造發明，都需要有豐富和廣闊的想像力，形象思維能力對開拓想像力，極有裨益。除了這三個好處外，背誦古代經典著作包括古文、詩詞、曲辭和西洋經典詩歌、戲劇、文章，還有兩個好處：可以不斷增強記憶力；又因不斷讀、背，「讀書百遍，其義自見」，還可增強領悟力。記憶力和領悟力是學習和創造的兩大法寶，缺一不可。任何讀書優秀的大中學生和有成就的專家學者、藝術大師，都知道背誦記憶和理解領悟的重大作用，都知道這兩樣法寶是取得任何成功的關鍵。胡斐的武功卓特也由此而來。

重於情義，正確處理愛戀事宜

一個人的青年時代，總有兩件大事：學習和戀愛。青年時代是學習技藝的關鍵時刻，必須「吃得苦中苦，方爲人上人」。「人上人」不指高居於別人之上的養尊處優者或統治者之流，而是指技藝高於一般的人，從而在社會上處於優越的位置。學習和發展爲的是職業和事業，另一件事，即戀愛婚姻，建立家庭。

胡斐學習武功、文化和藝術，刻苦用功，頗有所成，是一位文武雙全的傑出人才，上節已作評述。至於戀愛方面，胡斐碰到三位愛他的女性，胡斐都能正確處理和調節關係，也頗能給讀者啓發。

第一位袁紫衣，她聰明靈慧、武藝高強、品格優秀、容貌出眾，又兼大膽潑辣，語辭機智鋒利還不乏幽默，是一個相當完美的理想人物，難怪胡斐對她一見傾心。更且她來自回疆，與趙半山熟識，這更讓胡斐滿懷溫馨的心願中再增添一層暖意。袁紫衣早在趙半山處聽說胡斐仁厚仗義的優秀品格，智勇雙全、武藝出眾的傑出形象，待到親見，又一路同行，自廣東入湖南，看到他言語幽默風趣，行事光明磊落，意志堅韌，識見高超，又出落得一表人才，是傑出少女心目中無可挑剔的如意郎君。她不禁芳心可可，洗衣衫，贈玉鳳，情意綿綿。沒想到她身為尼姑，念及早年的誓言和師教，堅守佛教戒律，毅然決然地割斷情絲，埋藏心中難言的痛苦，單騎西行，與胡斐訣別而走。

弗洛姆在《愛的藝術》中指出：愛是主動的給予。這種給予就是關心、責任、尊重和認識。胡斐在與袁紫衣的關係中，做到了弗洛姆所要求的這一切。他一路上關心袁紫衣的一切，承擔照顧、照應她的責任。她在困難時，他及時出手相助。他又尊重袁紫衣的獨立性、個性和她的人生選擇，認識到她皈依佛教的緣起和本心。胡斐在與她相處時，始終尊重她的意願，知道勉強她同意接受自己的愛，將會造成她的痛苦，便毅然中止自己的追求。

有些男性為強求異性之愛，不惜懇求、哀求、脅迫、威逼利誘或施以強暴，最終害人害己或傷天害理，喪失自己的人格或道德。純正的愛情必須雙方自願，兩心相悅，這樣才能結成婚姻的正果。

胡斐遇到第二位有感情的年輕女子是程靈素。程靈素的性格在剛柔相濟中顯柔媚，柔和之中隱含堅韌和剛毅；她技藝高超，智力、計謀極為深遠嚴密，受到胡斐極度的尊敬和由衷的欽佩。程靈素深愛胡斐，但深知自己姿容平凡，無法打動他的心弦，懊惱的心情溢於言表。實際上胡斐無法給她以愛的回報，首先是因為胡斐心中已先有袁紫衣的情愛，程姑娘的容貌平凡，還是其次。胡斐既已傾心於袁紫衣，封建時代雖然妻妾成群也屬合理合法，但眞心相愛者還是講究鍾情一人，心不旁騖。成大事業或有志向者，必須私生活嚴謹，不能在婚戀角逐中耗費無謂精力，更不能人性淪喪，喜新棄舊，見花折花。

胡斐不能給予程靈素愛，他又尊重程姑娘的情意，珍惜與她的友誼。胡斐聰明地提出兩人結為兄妹，他既能給予她關心、責任、尊重和認識，又避過不能相愛容易傷對方之心的心裡暗礁。程靈素孤苦一人，以兄妹相稱，可以合情合理地接受胡斐的關愛和照顧。

最後，胡斐又遇到苗若蘭。兩人用琴聲溝通心靈，用《詩經》中的名句表達心意。自司馬相如用琴挑打動卓文君之後，《西廂記》裡張生、崔鶯鶯互以詩歌唱和、琴聲轉達情愛的方式，打破俊男美女一見鍾情的模式，創造文化修養高深、高智商的青年男女富於詩意和才情的戀愛方式。胡斐與苗若蘭初見時相敬如賓，別後則思慕不已；後又在緊急狀態中無意相遇，竟同床共被，脫險後兩人互訴衷腸，表達愛意，發展非常自然。胡斐過去救、抱過幼時的苗姑娘，苗姑娘少時聽父親屢次介紹這位亡友的小男孩，兩人愛戀的因由深遠流長。胡苗之愛，完全符合弗洛姆《愛的藝術》所總結歸納的愛的標準：他（她）給予另一個人的是他（她）生命的活力，他的歡樂，他的性趣，他的理解，他的知識，他的幽默，他的悲哀給予了他的生命活力的全部表達方式和全部證明方式。這樣，在給予他的生命時，他使另一個人也富有起來，通過提高自己的生命感，他提高了另一個人的生命感。愛就是心的碰撞，內心世界的交流，並且是以自己對生命和生活的熱愛去燃燒起另一個人對生命的熱愛，充實另一個人的生命。

親愛的讀者朋友，細讀胡苗相戀的有關章節，我們看到的不就是這種眞誠熱烈完美的愛情麼？

深思熟慮和謀而後動

中國古人的至理名言是：「三思而後行。」三，指多。即採取行動之前要多做詳密的思考。

英國諺語說：「一盎斯愼重，勝過一磅聰明。」

義大利的托馬斯．阿奎那《神學大全》更認爲：「審愼是一種德性，對於人類的生活是特別必要的。」

胡斐外表粗豪，心腸卻軟，更具有審愼的德性。他做事都經過深思熟慮，謀而後動，故而無往而不勝；同時又不衝動地見仇人便報復，見敵人就急攻，從而造成失誤。

趙半山仁慈有餘，狠辣不足，惡徒陳禹乘隙挾持呂小妹爲人質，幾乎要順利脫逃。胡斐在旁目睹此狀，考慮好一系列對策，從容不迫地攔住陳禹，施計救出呂小妹，陳禹重新落入趙半山的手掌。

胡斐爲鍾阿四報仇，向鳳天南挑釁，他大鬧酒家、當鋪、賭場，都經深思熟慮，行動乾脆俐落、言辭巧妙鋒利，做得恰到好處，令書中的旁觀者和讀者都欣然開懷，感到十分痛快。

苗人鳳兩眼當場被毒瞎，又遭強敵圍攻，胡斐目睹經過，並不貿然參戰，而是先救近火，再卻近敵，然後出力解除苗人鳳的後顧之憂：「苗大俠，我給你抱孩子。」

苗人鳳正想自己雙目已瞎，縱然退得眼前的強敵，但只要江湖上一傳開自己眼睛瞎了，強仇紛至沓來，那時如何抵禦？看來性命難以保全，最放心不下的便是這個女兒。他以耳代目，聽得胡斐卻敵救火，乾淨俐落，智勇雙全，這人居然如此義氣，女兒實可托付給他。

在掌門人大會，胡斐隱坐角落，不動聲色，冷眼觀察形勢。他解救童懷道，乘福康安及眾人正笑得忘我時，先將三只酒杯丟到半空，眾人一起抬頭瞧去，只見三杯互相碰撞，乒乓兩聲，撞得粉碎。眾人目光順著酒杯的碎片望下地來，只見童懷道已然站起，手中握著一只酒杯，說道：「哪一位英雄暗中相助，童懷道終身不忘大德。」胡斐聲東擊西，先擲杯飛空互撞，引開各人的視線，同時另一只酒杯已飛到童懷道被點的穴道，解開廳上群豪束手無策的這個難題。神不知，鬼不覺的高明計謀，僅被湯沛一人識破，他盯住胡斐，胡斐裝傻，忍住氣受湯沛一擊，湯水濺臉，裝得沒有內功，騙過湯沛。直到場中形勢發展到關鍵時刻，胡斐才上場出手比武。

胡斐極沉得住氣，每次都能忍耐到最後才穩當地出手，從不輕舉妄動。尤其是對「殺父仇人」苗人鳳，他一直冷靜地思索「我爹爹不知到底是不是死在他手下」的疑問，不輕信言之鑿鑿的傳聞，不肯隨便動手報仇，反過來，還不止一次地毅然給予救助。

對比別的豪俠，即使像智力出眾的喬峯，他遇事冷靜，處置得當，但遇到仇人卻分外眼紅，迫不及待地揮掌報仇，結果打死阿朱，釀成千古之恨，到頭來他的假想之敵段王爺並非他所設想的仇人，一場誤會，全因急躁魯莽而鑄成大錯。

一般人很難做到胡斐的忍耐精神，情願一次次坐失良機而不報血海深仇。胡斐的謹慎是正確的，苗大俠雖然向胡斐承認自己害了他的父親，實非殺害胡一刀的兇手。胡斐的審慎之德，我們一定要學到手。這將使我們終生得益。

追隨紅花會，是正確的人生選擇

胡斐在北京陶然亭與紅花會群雄告別時，他「拜託常氏雙俠和倪氏昆仲，將馬春花的兩個孩子先行帶到回疆，他料理了馬春花的喪事之後，便去回疆和眾人聚會」。

他決心追隨紅花會，同舉義業。

胡斐後來去回疆加入紅花會沒有？小說未作交代。胡斐十年後出現在東北，結識並與苗若蘭相戀。但描寫這段情節的《雪山飛狐》，金大俠創作在前，表示去回疆和紅花會聚會的決心，是《飛狐外傳》中的描寫，金大俠寫作在後。金大俠又說明：兩書並無必然聯繫，有不少情節，互相並不照應。

金庸先生是大手筆，兩書之間有意無意之間也有不少照應之處。馬春花所生的兩位聰明伶俐、俊俏出眾的雙生兒，她於臨終前拜託胡斐當義父，撫養他們長大。胡斐托常氏、倪氏昆仲帶到回疆，在雪山決戰前，胡斐派來的這對雙生兒，即應是馬春花留下的孿生兄弟。這對小俠的面容形象、言談吐辭和拳腳武功，都光彩照人。胡斐可能已去過回疆，再回中土料理前仇；也可能他因尚未完成向田歸農、杜希孟報仇的任務，尚未查清苗人鳳究竟是否殺父仇人的公案，未及脫身遲去回疆。但不管中間的過程和曲折如何，胡斐如果懸崖決戰時未死而得生還，按照他的性格邏輯和生存環境，他必會去回疆，與紅花會群雄會合，度過自己的一生。

這是胡斐正確的人生選擇。

因爲紅花會是反清的革命團體，胡斐的祖先即闖王的衛士飛天狐狸，本是滿清入侵者的天敵。紅花會群雄，都是品格高尚、武藝高強的愛國愛民志士。胡斐投奔他們，即使反清不成，但處於一種奮鬥的狀態中，生活在志同道合的溫馨友誼之中，適得其所哉。否則茫茫天涯，沒有知心同道，心靈十分孤獨；即使有苗若蘭這樣的賢妻良母，紅粉知己，英雄無用武之地，也會陷入寂寞、徬徨、惆悵，無所適從而難以自拔的。

一個人的心靈要寄託在事業之中，才感踏實。

一個人的能力有大小，能力大也不一定能得到輝煌的成功。但只要一生踏實地在奮鬥，盡力而爲，多少總有收穫，我們便沒有虛度光陰，我們就能心靈充實而知足常樂。

附錄 胡斐大事紀表

胡斐的先祖「飛天狐狸」跟隨闖王起義，於崇禎十七年（一六四四年）三月破北京，四月出京迎戰清兵，月底兵敗西奔。順治二年（一六四五年）五月上旬，李自成於通山縣九宮山被清兵團團圍困，飛天狐狸用計救出闖王，自己用假闖王的首級獻功，埋伏在吳三桂身邊充當衛士，施計挑撥胡與清廷關係。

又過了七、八年（順治九或十年，即一六五三至一六五四年），三月初五之夜，苗范田三衛士夜闖吳三桂府第，與飛天狐狸相遇。三月十五之夜，飛天狐狸約見苗范田，被迫自殺。

飛天狐狸之子約苗范田三衛士於次年三月十五日相會，講清父親忍辱負重救闖王謀報仇之苦心，苗范田三人自殺。

苗范田三衛士後代不知眞相，二十餘年後找到身患重病的飛天狐狸之子，逼他自殺。

百餘年來胡苗范田四家子孫輾轉報復，都不得善終。

乾隆十八年（一七五三年）臘月，胡斐出生於直隸（今河北省）滄州的一家客店中。於中午過後的未時（下午一至三時）生下，其父胡一刀請店中全體人員，從掌櫃的到打雜、掃地的小廝都一起喝酒。剛出生的胡斐白白胖胖，臉上全是毛，眼睛睜得大大的，哭聲非常響亮。大家喝到二更之後，胡一刀見眾人皆醉，他越喝興致越高，進房抱胡斐出來，用指頭蘸了酒給他吮。胡斐吮著烈酒，非但不哭，反而吮得津津有味。

胡斐出生第三天，胡一刀與苗人鳳大戰一天。胡一刀當晚來回奔波近六百里，殺死商劍鳴，爲苗人鳳報仇。五更時回來，將胡斐一拋一拋的玩。出生第七天，父親不幸被塗有毒藥的刀劃破而死，母親自殺。胡斐被平阿四救出。平阿四抱著胡斐投奔杜希孟，杜希孟圖謀武經和藏寶之秘，平阿四又抱胡斐逃出。

胡斐由平阿四撫養長大，自學武功。

乾隆三十年（一七六五）冬，胡斐十三歲，在平阿四帶領下路過山東武定，在商家堡避雨。看到閻基劫馬行空之鏢，平阿四向閻基要回缺失的武經首二頁。

七、八個月後，乾隆三十一年（一七六六年）秋，胡斐因偷改鏢靶上的姓名，遭商氏母子吊打。胡斐逃出後次夜前來報仇，角鬥時趙半山來抓叛賊陳禹，胡斐幫助趙半山攔擊陳禹，趙半山指點胡斐武功，臨行時兩人結拜兄弟。

四年後乾隆三十五年（一七七〇年），胡斐已有十八歲（實足爲十六歲）。到廣東遊歷，在佛山鎮見鳳天南欺淩、殺害菜農鍾阿四全家，胡斐爲他家報仇，大鬧鳳氏酒家、當舖、賭場。鳳氏毀家出逃，胡斐北追。路遇袁紫衣，一見鍾情。一路見她搶掌門人，與人比武。在半路破廟再遇鳳天南，決鬥時袁紫衣救走鳳天南。

胡斐跟蹤路遇的劉鶴眞，目睹苗人鳳被毒瞎雙眼。胡斐救助苗人鳳，又與鍾兆文去洞庭湖畔尋找毒手藥王，得以結識毒手藥王的高徒程靈素。回來時見苗人鳳受田歸農圍攻，胡斐打敗田歸農，苗人鳳指點胡斐武功，胡斐進入一流高手境界。

胡斐與程靈素北上，途中受到奇怪的款待，又與馬春花相逢，幫助她阻擊劫鏢的群盜。馬春花回到福康安懷抱，胡斐進京後拒絕鳳天南饋贈的豪宅和眾侍衛的求情。又救出被福康安母子毒害的馬春花和她的雙生子。

胡斐和程靈素化裝後，於八月十五日午後出席天下掌門人大會，到關鍵時刻胡斐上場與鳳天南決鬥，袁紫衣以尼姑裝束出場，和紅花會英雄一起攪散掌門人大會。

胡斐在京郊陶然亭與陳家洛、趙半山等紅花會群雄相遇，胡斐獨力擊敗伏擊紅花會的「大內十八高手」。在馬春花去世的場所，中程靈素師叔石萬嗔等人的伏擊，程靈素爲救胡斐性命，自己喪生。

胡斐到滄州祖墳祭奠父母，爲報母仇而重傷的圓性前來報信，兩人同被田歸農率眾包圍。田歸農賴寶刀之勢欲逼胡斐於死地，幸得南蘭設計暗示，胡斐在父母墳地摸到殉葬的寶刀反擊田歸農，田歸農率眾倉皇逃走。胡斐在父母墳邊埋葬程靈素的骨灰，圓性與他訣別，單騎歸回疆，留下胡斐一人闖蕩江湖。

胡斐於二十餘歲後頗會讀書，具備較好的文化素質，能聽懂古琴演奏的名曲，背誦古代詩歌，成爲文武雙全的人物。

乾隆四十五年，胡斐實足二十六歲又三個月（虛齡爲二十八歲）。三十月十五，應玉筆山莊莊主杜希孟之約，寶樹和尙（閻基）上山與胡斐決鬥，他帶著路遇的遼東天龍門北宗掌門人曹雲奇、其師弟周雲陽、師妹田青文、師叔阮士中和天龍門南宗掌門人殷吉、飲馬川陶百川和陶子安父子等一起上山。胡斐於下午也應約前來，這些人阻擋不成全部逃開，由苗若蘭接待、敬酒、奏琴；胡斐與她產生感情。黃昏之後，胡斐再次上山，又幫助苗人鳳脫險，戰勝埋伏的強敵。胡斐又急抱被惡賊閻基點了穴道、被田青文剝盡外衣的苗若蘭逃到山洞，幫她解開穴道。兩人在山洞中互敘身世和父母的情況，又互表相愛之心意。兩人聽到山洞底下兵刃相鬥之聲，找到寶藏內正在火拚搶寶的閻基等人。閻基先襲擊胡斐，胡斐反擊得手，因苗若蘭勸胡斐饒他一命，便住手出洞，在洞口用巨岩堵住。

胡斐和苗若蘭情話綿綿，卻見雪峰上有人吊著繩索急溜而下，胡斐正要截住這些偷襲苗人鳳的豪客，苗人鳳也飄然而下。他以爲胡斐剛才與女兒同床共被，行爲輕薄，使女兒受辱，約胡斐決鬥。

胡斐與苗人鳳半夜在懸崖峭壁惡鬥多時，難分勝負。胡斐在月光下冰壁的反照下，捉到母親當時發現的良機，舉刀下劈時卻又躊躇，因曾答應苗若蘭絕不能傷她父親，但若不劈他，自己非死不可。究竟劈還是不劈，胡斐實難決斷……

苗若蘭在雪地中久等二人，不見他們歸來。

胡斐能否平安歸來與她相會，他這一刀到底劈還不劈？帶著這個謎，小說至此結束！

胡斐的人生哲學　　武俠人生叢書 4

作　　者／周錫山
出 版 者／生智文化事業有限公司
發 行 人／林新倫
登 記 證／局版北市業字第677號
地　　址／台北市新生南路三段88號5樓之6
電　　話／(02)2366-0309 2366-0313
傳　　真／(02)2366-0310
E-mail／tn605547@ms6.tisnet.net.tw
網　　址／http://www.ycrc.com.tw
郵政劃撥／1453497-6
户　　名／揚智文化事業股份有限公司
印　　刷／鼎易印刷事業股份有限公司
法律顧問／北辰著作權事務所　蕭雄淋律師
ISBN／957-818-228-7
初版一刷／2001年1月
定　　價／新臺幣250元

總　經　銷／揚智文化事業股份有限公司
地　　　址／台北市新生南路三段88號5樓之6
電　　　話／(02)2366-0309 2366-0313
傳　　　真／(02)2366-0310

國家圖書館出版品預行編目資料

胡斐的人生哲學／周錫山著. -- 初版. --臺
北市：生智，2001〔民90〕
面： 公分. --（武俠人生叢書；4）

ISBN 957-818-228-7（平裝）

1.金庸—作品研究 2.武俠小說—評論

857.9 89017532

MONEY TANK

D4001	解構索羅斯—索羅斯的金融市場思維	王超群/著	NT:160B/平
D4002	股市操盤聖經—盤中多空操作必勝秘訣	王義田/著	NT:250B/平
D4003	懶人投資法	王義田/著	NT:230B/平

解構索羅斯

王超群／著

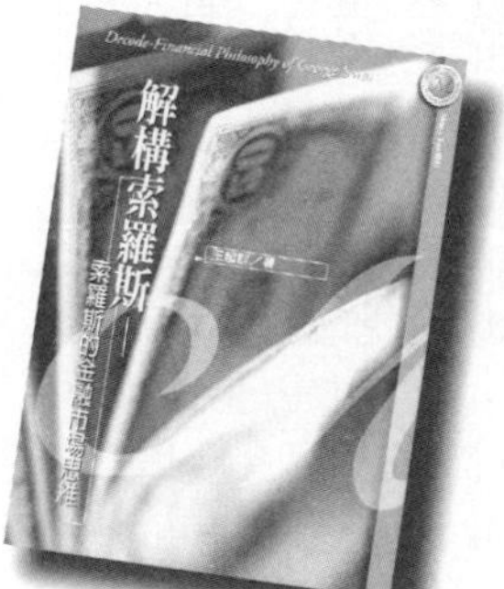

本書與一般介紹索羅斯的書不同，主要是著重分析索羅斯的思考結構，因為只有用這種方式進行研究，才能瞭解究竟索羅斯如何在金融市場進行投資行為。除了這種方式以外，其他的歸納與描述都只是研究者一廂情願的自我投射而已。研究索羅斯的理論，最重要的是能夠藉由對索羅斯的瞭解，進而擁有足夠的知識，領悟並掌握市場的趨勢與發展軌跡，使我們能夠對於自己的投資更具信心。

股市操盤聖經

王義田／著

若想在股市競賽中脫穎而出，贏取豐厚的利潤，一定要熟悉各種看盤與操作的方法與技巧，並且反覆練習以掌握其中訣竅，再培養臨場的反應能力，便可以無往不利、穩操勝券了。本書將給您最實際的幫助，從強化心理素質，各種看盤工具介紹，開盤前的準備，所有交易資訊的研判，一直到大盤與個股各種特殊狀況的應對方法……等，不但詳細解釋，並且一一舉出實例來輔助說明。

ENJOY系列

D6001	葡萄酒購買指南	周凡生/著	NT:300B/平
D6002	再窮也要去旅行	黃惠鈴、陳介祐/著	NT:160B/平
D6003	蔓延在小酒館裡的聲音—Live in Pub	李　茶/著	NT:160B/平
D6004	喝一杯，幸福無限	曾麗錦/譯	NT:180B/平
D6005	巴黎瘋瘋瘋	張寧靜/著	NT:280B/平

LOT系列

D6101	觀看星座的第一本書	王瑤英/譯	NT:260B/平
D6102	上升星座的第一本書 (附光碟)	黃家騁/著	NT:220B/平
D6103	太陽星座的第一本書 (附光碟)	黃家騁/著	NT:280B/平
D6104	月亮星座的第一本書 (附光碟)	黃家騁/著	NT:260B/平
D6105	紅樓摘星—紅樓夢十二星座	風雨、琉璃/著	NT:250B/平
D6106	金庸武俠星座	劉鐵虎、莉莉瑪蓮/著	NT:180B/平
D6107	星座衣Q	劉鐵虎、李昀/著	NT:350B/平

FAX系列

D7001	情色地圖	張錦弘/著	NT:180B/平
D7002	台灣學生在北大	蕭弘德/著	NT:250B/平
D7003	台灣書店風情	韓維君等/著	NT:220B/平
D7004	賭城萬花筒－從拉斯維加斯到大西洋城	張　邦/著	NT:230B/平
D7005	西雅圖夏令營手記	張維安/著	NT:240B/平
D7101	我的悲傷是你不懂的語言	沈　琬/著	NT:250B/平

李憲章TOURISM

D8001	情色之旅	李憲章/著	NT:180B/平
D8002	旅遊塗鴉本	李憲章/著	NT:320B/平
D8003	日本精緻之旅	李憲章/著	NT:320B/平
D8004	旅遊攝影	李憲章/著	

元氣系列

D9101	如何征服泌尿疾病	洪峻澤/著	NT:260B/平
D9102	大家一起來運動	易天華/著	NT:220B/平
D9103	名畫與疾病－內科教授爲你把脈	張天鈞/著	NT:320B/平
D9104	打敗糖尿病	裴　馰/著	NT:280B/平
D9105	健康飲食與癌症	吳映蓉/著	NT:220B/平
D9106	健康檢查的第一本書	張璨文/著	NT:200B/平
D9107	簡簡單單做瑜伽－邱素貞瑜伽天地的美體養生法	陳玉芬/著	NT:180B/平
D9108	打開壓力的拉環－上班族解除壓力妙方	林森、晴風/著	NT:200B/平
D9109	體內環保－排毒聖經	王映月/譯	NT:300B/平
D9110	肝功能異常時該怎麼辦？	譚健民/著	NT:220B/平
D9111	神奇的諾麗－諾麗果健康法	張慧敏/著	NT:280B/平
D9112	針灸實務寶典	黃明男/著	NT:550B/精
D9113	全方位醫療法	王瑤英/譯	NT:250B/平
D9114	一生的性計畫	張明玲/譯	NT:700B/精
D9115	妳可以更健康－正確治療婦女常見疾病	李奇龍/著	
D9116	性的媚力	范智冠/譯	
D9201	健康生食	洪建德/著	NT:180B/平

健康檢查的第一本書

張璨文／著

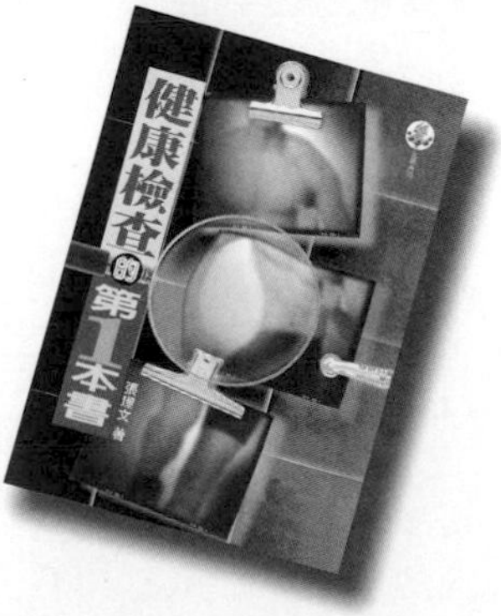

怎麼選擇健檢機構？診所好，還是醫院好？而且健檢的等級那麼多，應該選擇哪一種？

做完健檢後，許多人看著出爐的報告仍是一頭霧水。有的人因爲一、兩個異常數據而緊張得半死，有的以爲一切正常就是健康滿分。這種情況恐怕有檢查比沒檢查還糟。

本書提供所有讀者最實用的資訊，包括健檢機構的介紹、檢查項目的說明、健檢結果的說明等，是關心健康民眾不可錯過的好書。

武俠人生叢書

D9301	喬峯的人生哲學	周錫山/著	NT:250B/平
D9302	黃蓉的人生哲學	郭　梅/著	NT:280B/平
D9303	段譽的人生哲學	王學海/著	NT:230B/平
D9304	胡斐的人生哲學	周錫山/著	NT:250B/平
D9305	李莫愁的人生哲學	郭　梅/著	NT:230B/平
D9306	令狐沖的人生哲學	李宗爲/著	
D9307	楊過的人生哲學	周聖偉/著	
D9308	韋小寶的人生哲學	王從仁/著	
D9309	趙敏的人生哲學	郭　梅/著	
D9310	任盈盈的人生哲學	郭　梅/著	
D9311	虛竹的人生哲學	黎山嶢/著	
D9312	霍青桐的人生哲學	楊馥愷/著	

戀人情史

DV001	沙特—戀人情史	黃忠晶/著	NT:280B/平
DV002	西蒙波娃—戀人情史	西蒙波娃/著　郝馬、雨果/譯	NT:280B/平
DV003	拿破崙—戀人情史	田桂軍、劉瓊/著	NT:300B/平
DV004	約瑟芬—戀人情史	南平/著	NT:280B/平